Narratori

IVANA LIBRICI

Il giglio d’acqua

SOLFERINO

SOLFERINO

www.solferinolibri.it

ISBN 978-88-282-1139-6
Prima edizione: aprile 2023

Il giglio d'acqua

A Mary Justiniano Mendía
e Héctor Landívar Flores

A Jorge

Fu in quei momenti che iniziai a immaginare il tempo come qualcosa con una forma, qualcosa di visibile, una serie di trasparenze liquide una sull'altra. Il tempo non è qualcosa che si possa osservare guardando all'indietro, ma guardandoci dentro come se fosse acqua. A volte affiora in superficie questo, oppure quello, oppure niente. Niente scompare.

Margaret Atwood, *Occhio di gatto*

PARTE PRIMA

1

Un cappotto.

Un cappotto che galleggia, pesante, rigonfio. Arenato in un'insenatura dall'acqua ferma. Sebbene non ci siano onde nella *represa* – non è mare infatti, ma neanche un lago – c'è sempre un minimo moto, flutti in miniatura. Nell'insenatura neanche quello. L'indumento emerge in mezzo ai giunchi e vibra appena appena. Perché l'acqua immobile non è mai. Non è strano un cappotto ad agosto da quelle parti, quando si leva il vento dal *Sur* che inietta aria australe nel Tropico. *Surcito* o *surazo* lo chiamano, a seconda, se gradevole o invece troppo intenso. Anch'io sono stretta in un cappottino, troppo piccolo per me, che mi ha prestato Nancy la sera prima. A galleggiare mi sembra proprio il suo. Più scuro, però, arruffato, scomposto.

A muovermi è quell'istinto che si ha solo in certi attimi quando il cervello è sveglio ma la sua energia in riserva. È l'alba e non ho dormito. Devo togliermi le scarpe e le calze, arrotolare il bordo dei pantaloni per arrivare a toccarlo con una canna di bambù che raccolgo lì vicino. Appena lo muovo sento che è pesante. Troppo pesante per essere solo un cappotto intriso d'acqua. Lo avvicino a me a fatica. Ormai sono immersa fino a metà coscia quando distinguo chiaramente la nuca che affiora. I capelli, neri come il tessuto, si muovono sinuosi sulla superficie per poi sistemarsi a raggiera. Sento in bocca l'acido di un conato che strozzo in gola. Mi affretto a respingere la testa da me. Con un colpo secco della canna faccio roteare il corpo di centottanta gradi. I piedi della donna vanno a toccare le mie gambe sott'acqua. Perdo in parte l'equilibrio. Mi sembra che per un momento ci attorcigliamo insieme.

«*Estamos en el mismo barco.*» È una delle ultime frasi che mi ha detto Nancy. Da viva. Stento a riconoscerla in quella forma scura, capelli e stoffe che emergono neri e lucidi come la pelliccia di una lontra. Eppure so che è lei. È la differenza tra un morto e un vivo a fare di lei un'estranea. Si chiamano anche spoglie, i corpi dei morti. Spogliati dell'anima... Involucri.

Siamo sulla stessa barca, sì. Le nostre gambe intrecciate in un ultimo abbraccio. Ma su una scialuppa rovesciata che ci avvolge e ci imprigiona. E ci affonda.

Mi divincolo da lei, scalciando, come da un intrico di alghe.

Sono ormai a riva.

Completamente fradicia.

L'ultima cosa che ricordo sono i vestiti bagnati addosso. Aderenti come una seconda pelle. Freddi. Il cappottino prestato pesante e scuro. Che affossa.

2

Paula è incinta di quattro mesi. La sua pancia è ancora piccola, si nota appena. Quando indossa il cappotto non si vede nemmeno, come succede spesso alle donne al primo figlio. Non ha ancora il pancione, ma le verrà. E presto, anche.

Era da tanto che non sognavo Nancy. Il solito sogno. Cambiano i dettagli, lo sfondo, ma il copione è sempre quello. Sarà la preoccupazione per la gravidanza di Paula. O l'angoscia di diventare nonna, chissà. Una nonna giovane, comunque. A Nancy penso sempre, tutti i giorni. Da anni, ormai. C'è sempre un piccolo spazio per lei, nei miei pensieri. Un minuto, qualche secondo quotidiano. Cosa starà facendo adesso? O cosa avrebbe fatto adesso? A seconda del momento e a quale dei due emisferi del cervello cedo. Se al sinistro, intuitivo, che segue il mio ricordo e i miei sogni. Oppure al destro, razionale, che vuole credere alla narrazione che è stata fatta sulla fine di Nancy. La sua sparizione. Il cadavere mai trovato. Il mio racconto del ritrovamento alla *represa* – il bacino artificiale del paese – confuso, contraddittorio, delirante. I miei vestiti asciutti.

E l'incubo ricorrente che torna a tormentarmi ogni tanto, specie quando il ricordo di Nancy sbiadisce, sfuma. È lei che non mi vuole lasciare. Non ci vuole abbandonare.

La chiave gira nella toppa con un suono secco, inequivocabile, nel silenzio del mattino.

«Ciao, mamma.»

È Paula.

«Cosa ci fai qui a quest'ora?»

«Non stavo tanto bene e mi sono fatta una giustificazione per uscire prima.»

Da quando è maggiorenne, da poco tempo, neanche un mese, e può firmarsi il libretto, a volte esce prima da scuola, o entra dopo, o non ci va proprio. Così, tanto per. Non credo stia male davvero adesso. Ha una gravidanza tranquilla, senza nausea.

«Cos'hai?» le chiedo.

«Mah, niente di grave. Ho mal di testa.»

«Vuoi mangiare qualcosa?»

«No, no, grazie. Vado un po' a stendermi.»

Ecco, infatti. È solo il piacere di firmarsi da sola quello a cui prima dovevo provvedere io. Le fa più effetto questo dell'idea che presto diventerà madre. A quello non ci pensa granché. Piuttosto è presa dalla metamorfosi del suo corpo. Così acerbo fino a poco tempo fa. I seni gonfi e dolenti. «Mamma, hai visto che tette grosse che mi sono venute?» Le mestruazioni dimenticate presto, una scocciatura di meno. Sul bambino per ora non si fa domande. «Uh! Ce ne vuole ancora. Mica deve nascere domani.» Cinque mesi le sembrano un'enormità. «Figurati» mi dice. «A maggio sarà quasi finita anche la scuola.» Quella le sembra una scadenza più concreta del parto. A giugno, poi, con il bimbo già nato, gli esami di maturità. Liceo scientifico. A settembre gli esami di ammissione per Biologia. Perfetto, direi. Tutto già deciso e programmato. A parte il dettaglio del bambino, a cui non mi pare dia molta importanza. Dove lo metterà? Come farà a studiare? Non se l'è chiesto davvero, o se l'ha fatto non si è data una risposta. Io l'ho martellata su questo quando ho saputo che era incinta e doveva decidere se tenerlo o no. Quando ho capito che sulla sua scelta era irremovibile, ho smesso di tormentarla. Ho creduto anch'io alla favoletta che si impegnerà a scuola fino alla fine e poi avrà tutta l'estate da dedicare al bimbo, che a settembre avrà già compiuto tre mesi e andrà all'asilo nido, così lei potrà andare all'università. Che illusa. Pensa che un figlio sia come un bambolotto che non ti dà nessun problema.

La guardo stesa sul letto in camera sua. Smanetta sul cellulare come qualsiasi altra adolescente. Mi siedo accanto a lei e le accarezzo la spalla.

Lei mi guarda di traverso, spigolosa: «Dai, mamma, stai tranquilla. Così mi metti ansia».

È ancora solo figlia, Paula. Tutte siamo figlie per sempre, è vero, ma quando diventi madre passi dall'altra parte della barricata. Tra cinque mesi anche lei, forse.

3

Io e Nancy siamo cresciute insieme. Come sorelle. Ma senza esserlo.

Quando è arrivata a casa nostra aveva sette anni, come me. L'aveva assunta mia madre come *alzadora* del mio fratellino di un anno. Il suo compito principale era dargli un'occhiata, che non si facesse male mentre giocavamo o quando mia madre era occupata in qualche faccenda. Perché di *alzar* propriamente non si poteva parlare. Quando Nancy prendeva Carlos in braccio, infatti, piegava a tal punto la schiena all'indietro per sollevarlo che ogni volta sembrava che sarebbero caduti entrambi. Di solito però Carlito stava per terra. Ci veniva dietro o giocava da solo. Oltre a questo, Nancy non aveva molto da fare. Dava una mano ad apparecchiare e sparecchiare, innaffiava le piante del *patio*, una spazzata al pavimento. Più o meno le stesse incombenze che avevamo io e le mie sorelle maggiori.

Arrivò un pomeriggio insieme a suo padre e a sua sorella, che era destinata a un'altra famiglia in paese. Erano venuti a piedi da San Toñito. Un cammino di circa quattro ore, dal *cerro,* unico rilievo nel raggio di chilometri, attraverso il *bosque* della pianura. Nancy aveva con sé un sacchetto di plastica con le sue cose. Un unico cambio, ossia una maglietta, un paio di pantaloncini corti e una mutandina, da usare quando lavava gli indumenti che aveva addosso. Nient'altro.

Prima di andare via suo padre si rivolse a me, che ero l'unica rimasta sulla soglia di casa, imbambolata com'ero a guardare la nuova arrivata:

«Ce l'hai un po' di dentifricio?»

Mi sorrise. Notai che di denti ne aveva ben pochi. Corsi in bagno a prendere il nostro tubetto e glielo diedi, tutta contenta del gesto che mi parve suggellare un patto tra noi destinato a durare per sempre.

Ma quello che più mi colpì fu poi il suo commiato con la figlia: «*Nancita, pórtate bien.*»

Non la baciò, né l'abbracciò, come mi sarei aspettata. Si strinsero la mano. Proprio così. Come due soci in affari. Che poi è quello che erano.

Il padre veniva a fine mese a ritirare lo stipendio. Si faceva un bel giro a San Ignacio, il mio paese, e se lo spendeva quasi tutto in alcol tra una *chichería* e l'altra. Infine passava a prendere la figlia e con la sua andatura sghemba e l'alito pesante se la portava via per un paio di giorni.

Il lunedì seguente lei era di nuovo da noi, con il suo sacchettino in mano e l'aria contenta. Per nulla stanca della scarpinata appena fatta.

Nancy si ambientò in fretta nella nuova casa e passava gran parte del tempo con me. Per Carlos non era che un'altra sorella maggiore. Ma devo dire che anche per mia madre era semplicemente un membro della famiglia in più. Perché, oltre al fatto di vantarsi con le amiche e i parenti di aver bisogno – e di potersi permettere, ovvio – di una *alzadora* per badare al mio fratellino oltre che di una *empleada* per i mestieri di casa, il trattamento che riservava a Nancy era pressoché identico a quello rivolto a me. Non aveva tempo né voglia per coccole o smancerie, che al massimo dedicava a Carlito.

Quando non eravamo a scuola, dove si doveva indossare la divisa, usavamo gli stessi vestiti, che ci scambiavamo. Il guardaroba era quello: magliette a maniche corte e pantaloncini per combattere il caldo afoso. Ai piedi ciabatte di gomma o infradito.

Per occasioni particolari, che si limitavano alla messa della domenica o a qualche rara festa del paese, come il santo patrono o la messa di Natale, la mamma ci faceva vestire bene. Una o due volte l'anno veniva la sarta e ci confezionava un bel vestitino bianco con un fiocco: «Uguale, mi raccomando» le diceva. «Se no litigano.»

E poi c'era la tortura delle scarpe nuove, se era estate. Le comprava al mercato, di importazione brasiliana, di solito di vernice bianca, ma comunque chiuse e rigide.

Sia io sia Nancy cominciavamo a lamentarci già all'andata, verso la chiesa o la piazza del paese.

«*Mamá*, posso togliermele? Ti prego» dicevo io, mentre Nancy mi faceva eco: «*Sí, doña Ana, ¡por favor!*».

«*No molesten, hijas*» era la sua risposta, ancora benevola.

In chiesa, sedute sulle panche, o in piedi in piazza davanti alla banda che suonava, cominciavamo a sfilarcele dai talloni, un piede alla volta, per farlo respirare, abituato com'era alle ciabatte. Al ritorno correvamo ormai a piedi nudi. Le scarpe in mano.

Mia madre ci urlava: «Selvagge! Rimettetevi le scarpe».

A parte la piazza, che era ricoperta di grosse piastrelle a rombo, il resto del paese era privo di cemento. Ovunque c'era uno sterrato rosso in cui la pianta del piede poggiava a meraviglia.

Le urla della mamma erano lontane, una volta a casa. Il suo rimprovero, quando arrivava anche lei, era un'imprecazione tra l'affettuoso e il divertito: «*Peladas 'e mierda. ¡A lavarse!*».

Ci lavavamo a turno nella tinozza usando la stessa acqua intiepidita con un po' di quella in cui era stato bollito il riso della cena.

Dopo il bagno fatto per levare la terra rossa che ci colorava, oltre i piedi, anche parte di gambe e braccia, e dopo aver mangiato, io e Nancy ci sedevamo sul divanetto, tra mamma e papà. Unico privilegio per le due piccole di casa, dopo che Carlos era già a nanna. Guardavamo la telenovela della sera, *Terra Nostra*, una saga familiare che piaceva a noi tutti. L'unica che seguiva anche mio padre. Le mie sorelle, qualche fratello che rimaneva a casa quella sera e la *empleada* seduti attorno sulle sedie o, se non c'era posto, per terra.

Ed è stato lì, davanti alle immagini degli emigrati italiani in Brasile che scorrevano sullo schermo, che io e Nancy abbiamo saldato insieme la nostra infanzia che poi sarebbe diventata adolescenza. Finché c'è stata Nancy accanto a me, la sera, le nostre cosce e braccia unite a formare un unico corpo, la mia vita fluiva in una direzione. Univoca e semplice, quella.

4

Una confezione allungata di cartone emerge dall'immondizia. Un corpo estraneo in mezzo a fazzoletti usati e ovatta. Mi avvicino incuriosita. La prendo in mano e la rigiro per decifrare cosa sia. Lo capisco meglio quando tiro fuori anche il bastoncino di plastica sotterrato più sotto. Un test di gravidanza. Nel nostro bagno. Di Paula, dunque, visto che in casa ci siamo solo noi due.

Due righe rosa verticali spiccano sul piccolo visore del test. Decifro subito anche quelle guardando le istruzioni sulla confezione. Sono spiegazioni adatte a un bambino o a una donna molto stupida.

Una riga = test negativo = non sei incinta.

Due righe = test positivo = sei incinta.

Paula è uscita con le sue amiche, dovrebbe tornare per cena.

L'unica idea che mi viene è di andare al supermercato a comprare una bottiglia di vino. Non è che voglia ubriacarmi, ma vorrei bere un bicchiere. Mi sembra un modo meno triste di aspettarla per parlarle.

Ne bevo più di uno, sgranocchiando diverse confezioni di cracker per ingannare l'attesa. Quando Paula arriva ho le guance in fiamme. Non ubriaca ma leggermente stordita. La bocca anestetizzata. E l'umore, chissà perché, euforico.

Il test è appoggiato sul tavolo, evidenza ineluttabile, prova principe del misfatto compiuto. Ma Paula non dice niente. Guardo lei e poi il test. Sento il mio sguardo velato, liquido, come se anche i miei occhi galleggiassero nell'alcol.

«Ho trovato questo nella spazzatura del bagno.»

«Ora controlli anche la spazzatura?» replica Paula.

«No, non controllo niente. L'ho visto e l'ho preso.»

Non risponde più.

«È tuo?»

La domanda è retorica e non ottiene risposta.

Paula si siede di fronte a me e appoggia il gomito sul tavolo per tenersi la testa con la mano, una posa imbronciata che fa affiorare l'infanzia di mia figlia in filigrana. Mi viene in mente che è in quell'età in cui la propria apparenza oscilla di continuo dalle forme arrotondate della fanciullezza alla linearità della vita adulta.

«Te l'avrei detto. Magari non subito, non oggi.»

«O magari no. Non mi avresti detto niente» deduco un po' risentita.

«No, no, questo no» si affretta a dire lei. «Tanto prima o poi te ne saresti accorta comunque.»

L'alcol rallenta i miei riflessi e ci metto qualche istante in più a capire: «Perché? Lo vuoi tenere?»

Non risponde. È un'altra domanda retorica, allora.

«Ma hai solo diciassette anni. Cosa vuoi fare?»

«Ne ho quasi diciotto» precisa subito.

«È meglio che ci pensi bene, Paula. Un figlio, così giovane. Non voglio che ti rovini la vita.»

Si alza dalla sedia e si dirige verso il frigorifero. La osservo mentre ci rovista dentro in cerca di cibo.

Ha fame.

Cerco di scoprire nelle linee del suo corpo – i contorni dei polpacci sotto le ginocchia esili, la curva tondeggiante del bacino, il disegno del profilo, la chioma nera che le copre il collo – la figura di sua madre.

E la vedo, chiara e netta, in controluce nelle fattezze di Paula. Trasfigurata, forse, alterata dai geni del ramo paterno, ma evidente, che affiora nei suoi tratti. Nancy è lì, in Paula, non sparita chissà dove né morta, ormai decomposta sul fondo di un lago, ma viva in mia figlia e presente anche nel dna dell'embrione che porta in grembo.

Mai come in questo momento mi sono sentita esclusa da questa relazione matrilineare che mi si svolge davanti. Mi figuro una lunga linea – quasi infinita a ritroso – che unisce il cordone ombelicale del figlio di Paula a quello che lei portava nel grembo di sua madre, e così via, generazione dopo generazione. Una linea, spezzata dalle nascite in innumerevoli segmenti, ma presente e vera, impossibile da ignorare.

Quante volte ho osservato genitori e figli e ho trovato assonanze tra loro, il colore dell'incarnato, le linee delle gambe, il taglio degli occhi.

Guardo Paula e non ci vedo nulla di me.

Io, se fossi rimasta incinta a diciassette anni, all'ultimo anno di scuola, senza neanche avere un fidanzato, non so se avrei tenuto il bambino. Sicuramente non sarei stata così tranquilla a mangiare pane e formaggio.

Solo adesso mi viene in mente che non so se Paula abbia un ragazzo.

Il ramo paterno. Non l'avevo nemmeno preso in considerazione. Io sono separata da mio marito da tanti anni e non ho mai saputo chi sia il vero padre di Paula. «Padre» mi è sempre sembrata una parola grossa. Se si può dire che lei ha due madri, i padri quanti sarebbero?

Ma l'analogia con la situazione in cui si trova Paula adesso mi folgora. Davanti a quella cena improvvisata, le domando a bruciapelo: «Chi è il padre?!».

Lei non si scompone molto.

«È Johnny.»

«Chi? E chi è Johnny?» chiedo, sbalordita da quel nome che mi suona tanto esotico quanto estraneo.

«Come chi è? Lo conosci benissimo, è pure venuto qui a casa un paio di volte.»

Scruto gli occhi azzurri di Paula, come se la risposta fosse lì. Lei li spalanca di più, sorpresa che non mi venga in mente una cosa tanto ovvia.

«Johnny, il figlio della tua amica, me l'hai fatto conoscere tu. Per aiutarlo con la matematica» mi chiarisce infine Paula.

Solo allora collego il nome a quel ragazzone di due classi indietro rispetto a Paula. Un boliviano che ha problemi con lo studio e che ho cristallizzato in un'unica immagine. Con il cappellino in testa nel nostro ingresso e il suo saluto impacciato: «Ciao, signora».

Un sudamericano, ecco, questo per me spiega molte cose. Certo, anch'io sono boliviana e anche Paula, in fondo, ma non di quel genere. Non quel tipo di immigrato che replica come un oggetto frattale l'essenza del suo paese, che non lo ha mai lasciato davvero, che si veste e si comporta come se stesse ancora là, che non impara mai bene la lingua, non sa dare del lei e mischia l'italiano con lo spagnolo in un'eterna interlingua. Noi siamo diverse. Io mi sono sposata con un italiano e sono venuta a stare qui, quindi ormai sono italiana anch'io. Paula capisce lo spagnolo ma non lo parla ed è brava a scuola. Lontana anni luce da Johnny e dalla sua Bolivia in miniatura portata con sé.

Il mio disappunto si traduce in una frecciata acida: «Alla faccia dell'aiuto con la matematica! Porca miseria, Paula!».

Mia figlia si risente: «Non è mica successo qui».

«Ma siete fidanzati?»

«Veramente no. Non proprio. Siamo amici.»

Sbotto: «Io non ti capisco, Paula. Ma cosa hai fatto? E cosa vuoi fare adesso?».

«Non lo so, mamma. Non ci ho ancora pensato bene. L'ho saputo da poco, del bambino.»

«Ma lui lo sa?»

«Non ancora. Ci devo pensare, se dirglielo.»

La guardo e provo una improvvisa tenerezza.

«Secondo me devi dirglielo. Lui deve sapere. Anche se non lo vuoi tenere.»

La mia frase torna sul punto che lei ha evitato prima e le fa comparire un rossore sulle guance, come se avesse il potere di smuoverle il sangue.

«Certo che lo voglio tenere, mamma.»

5

Il sagrato della chiesa è affollato di bambini vestiti di bianco.

Sembriamo tante colombelle nei nostri vestiti immacolati. La mamma ci ha raccomandato di non sporcarci, infatti. Una suora ci fa mettere in fila per entrare. Il sole è cocente a quest'ora e quando è il mio momento l'ombra mi dà un immediato sollievo. Uno alla volta intingiamo le dita nell'acquasantiera per farci il segno della croce. Il dito bagnato sulla fronte sudata è una goduria. Dietro di me c'è Nancy e quando tocca a lei ne approfitto per fermarmi qualche istante in più a rinfrescarmi.

«Ma che fate, siete pazze?» dice una voce dalla fila di bambini in attesa «se vi vede padre Jürgens vi strozza.»

«Andiamo, va'» mi bisbiglia Nancy, che al sentire nominare il prete si inquieta.

La folla di bambini ci spinge verso l'altare maggiore.

Padre Jürgens, il *Gringo*, è già sul pulpito. La pelata, perfettamente rotonda tra i pochi ciuffi di capelli che gli sono rimasti, brilla alla luce della candela per la *misa de gallo*. Quel grosso cero viene tirato fuori una volta l'anno per la settimana di Pasqua e, quando viene acceso, la penombra si illumina di un lucore biancastro. Visto così, da lontano e con la testa tirata a lucido, il prete non fa tanta paura. Tutti noi bambini lo temiamo per il suo caratteraccio scontroso e per la bacchetta che usa con generosità al catechismo, manco fosse un maestro di scuola. Ma adesso siamo in chiesa, vestiti di tutto punto, e si può stare tranquilli.

Padre Jürgens è uno degli argomenti ricorrenti delle conversazioni a casa tra grandi. Mia madre si diverte a raccontare alle amiche della prima volta in cui l'ho visto da piccolina e l'ho scambiato per il Diavolo. La chiesa era infatti per me la casa di Dio, naturalmente, ma immaginavo che dovesse bazzicarci a volte anche il Demonio, e quindi durante la messa avevo domandato ad alta voce a mia madre se fosse il prete. La tunica nera in contrasto con la pelle bianchissima, i capelli radi e scompigliati e l'accento tedesco avevano un che di diabolico ai miei occhi. Tutti si erano messi a ridere mentre il padre continuava a predicare con il suo tono di voce torvo.

Ma il prete è anche oggetto di argomenti imbarazzanti che io non posso ascoltare, visto che le mie sorelle ridacchiano e mia madre fa il gesto di tacere con il dito davanti alla bocca se ci siamo io o Nancy tra i piedi.

Le suore ci sistemano di fronte all'organo per le prove del coro. Le prime note risuonano gravi e intoniamo il canto:

Perdona a tu pueblo, Señor
Perdona a tu pueblo
Perdónale, Señor

Por tus profundas llagas crueles
Por tus salivas y tus hieles
Perdónale, Señor

Quando le voci e l'organo tacciono, veniamo divisi in due gruppi.

Il padre scende dal pulpito a dirigere l'operazione.

«*Los paicos* da questa parte» dice, puntando il dito verso un lato.

I figli dei *campesinos* devono cantare il loro brano tradizionale. Nancy adesso è dal lato opposto al mio, in mezzo a un folto gruppo di bambini di età diverse. Siccome è piuttosto bassa non la vedo più. Il prete, invece, lo vedo bene. Cammina tra i bambini e li sposta secondo l'ordine che vuole lui. Mette prima i più piccoli davanti e poi divide i maschi dalle femmine. Nancy ora è in prima fila, proprio sotto l'altare e lo sguardo severo del padre *Gringo*.

Un coro di voci bianche si alza dal gruppo:

Oi nausipi
santa kurusir

Le parole indigene si mescolano a suoni a me familiari.

Quando finiscono di cantare l'*Alleluia* in *chiquitano*, il padre *Gringo* scende dal pulpito e passeggia davanti ai bambini della prima fila. Cammina con le mani giunte dietro la schiena, meditabondo, e ogni tanto si ferma a ispezionare l'abbigliamento o la pettinatura di qualcuno. Quando è il turno di Nancy, il prete si sofferma a squadrarla. Da dove sono non sento cosa dice, vedo solo che le tocca il vestito, la mano ne sfiora l'orlo ricamato a fiori gialli e rossi, le soppesa le trecce e poi le afferra il viso dal mento per guardarla bene in faccia. Non è la prima volta che lo fa. Lo so perché Nancy me lo ha raccontato. Al catechismo non andiamo insieme, il prete preferisce impartire le lezioni ai gruppi separati, *campesinos* divisi dai figli di *gente de familia*, perché, dice, i ruoli nel coro e nelle rappresentazioni religiose sono diversi. Nancy detesta le sue «ispezioni», ha le mani grosse e il tocco brusco.

Quando il prete ha finito il giro scandisce imperioso: «*Váyanse a su casa. ¡Afuera!*»

Con un gesto solenne del braccio ci fa andare via e i gruppi si sciolgono. Tutti si avviano verso l'uscita della chiesa. Io invece mi attardo per avvicinarmi a Nancy. Solo che lei non c'è più e al suo posto trovo una pozza d'acqua.

Rimango a fissarla per un po' prima di rendermi conto che deve essersi fatta la pipì addosso.

6

«Dobbiamo tornare a casa. Tra un po' farà buio.»

«Aspetta. Stiamo ancora un pochino.»

Io e Nancy siamo sedute sotto gli alberi della radura da cui inizia il *bosque*. Dove il paese con le sue strade sterrate finisce e si stempera nella natura. È il nostro posto. Abbastanza vicino a casa, per potere tornare in tempo. Abbastanza lontano, per essere solo nostro. Nancy è impaziente, se ne vuole andare perché deve ancora fare i compiti, la sua scuola è al pomeriggio. Io li ho già fatti, al *colegio* «Alemania» le lezioni sono al mattino, ideate per chi non lavora, al contrario della scuola pubblica, che è frequentata soprattutto da *empleadas* e *peones*.

«Cinque minuti ancora» dico «poi andiamo.»

«Prometti!» dice Nancy.

«Promesso» rispondo.

Facciamo promesse ogni giorno. Io a lei e lei a me. Una giura di fare qualcosa e l'altra controlla che lo faccia. È un gioco, serio come sono i giochi dei ragazzini.

Nancy mi guarda di traverso: «Questa promessa è

troppo facile. Non vale. Io ieri ho promesso di toccare un *boro* e l'ho fatto».

«Non era un *boro* quello. Era una falena. Altrimenti non ti avrei chiesto di toccarlo.»

«Era un *boro*. Non esistono falene così grosse.»

Il *boro* è lo spauracchio della mia infanzia. Un enorme lepidottero grigio dalle ali screziate come ricami. Una farfalla notturna che depone le uova sottopelle come un parassita. Ricordo ancora con terrore il figlioletto della nostra vicina con la cute rigonfia di uova e sua mamma intenta a toglierle con un ago.

Nancy non ha paura. Per lei quando qualcuno si ammala non è per una causa naturale. È sempre colpa di qualcuno che ha fatto un *hechizo*. Per la mentalità *campesina* sono gli esseri umani a provocare dolori e malattie. Gli animali popolano il mondo in armonia con noi. Basta rispettarne gli spazi. Ad alcuni pesci è meglio non avvicinarsi, ma le farfalle si possono toccare. Con un gesto lieve e impalpabile. Quante volte abbiamo giocato con la polverina che ti rimane sui polpastrelli, fingendo che fosse magica. Era così leggera e brillante che alle magie dei nostri giochi ci credevo davvero. Diventavo invisibile o mi trasformavo in principessa con un tocco delle dita. Una foglia si tramutava in corona, un rospo in principe.

«Comunque mi devi una promessa più grande. Perché io il *boro*, o quello che era, l'ho toccato» insiste Nancy.

«Va bene» rispondo «dimmi cosa devo fare.»

«Prometti che staremo sempre insieme!»

«Che promessa cretina! Stiamo già sempre insieme.»

«Anche da grandi, voglio dire.»

«Certo, cosa credi? Sei la mia migliore amica.»

«Lo so. Però voglio dire anche quando ci sposeremo. Non è detto che staremo sempre insieme.»

«Be', saremo sposate. Dovremo stare con i nostri mariti.»

«E con i nostri figli.»

«Già. Però saremo lo stesso amiche.»

«Dobbiamo prometterlo.»

«Promesso!»

Nancy si tira su per tornare verso casa. Poi ci ripensa e si siede: «Secondo me una promessa non basta».

«Allora giuriamo» rispondo.

«Sì, giuriamo, va bene. Ma sono sempre parole. Dovremmo fare qualcosa di più.»

«E cosa?»

«Un patto. Ci vuole un patto.»

«Cioè?»

«Un *pacto de sangre*. Facciamo come Mariano e Miguel nella telenovela.»

«Quando uniscono il loro sangue?»

«Sì.»

«Ma quelli sono due banditi!»

«Va be', funzionerà anche per noi.» Nancy adesso sembra sollevata e sorride.

«D'accordo. Ma lo facciamo domani. Che adesso è tardi.»

È già in piedi e mi tira per il braccio. È ora di tornare a casa.

7

El encuentro è uno dei momenti più emozionanti della *Semana Santa*. Forse più delle messe e delle varie processioni.

Dopo il canto dell'*Alleluia* dei bambini, i *campesinos* adulti mettono in scena la Resurrezione. È una sorta di gara ed è un divertimento per tutti. Gli uomini corrono portando in spalla una statua di Gesù e le donne la statua della *Virgen María*. Sono due percorsi diversi che partono dalla piazza della chiesa, si snodano lungo l'abitato fino a dove finiscono le strade e inizia il *bosque* e fanno ritorno in piazza, dove le due statue si incontrano. Chi arriva per primo vince e viene festeggiato da tutto il paese.

I bambini corrono dietro ai gruppi, scegliendo quello che pensano possa vincere. I più piccini e i pigri aspettano in piazza insieme al pubblico.

Quest'anno io e Nancy abbiamo scelto il gruppo di Gesù. Solo che lei deve badare a Carlito e ce lo dobbiamo portare appresso. Siccome ci arranca dietro, lo teniamo in braccio a turno. Ovviamente rimaniamo indietro subito.

Quando il percorso lambisce il *bosque* abbiamo ormai perso di vista la testa incoronata di Gesù che svettava in alto e ci faceva da guida. Nancy è dietro di me, perché ora tocca a lei portare Carlos.

«Aspettami» mi grida «non vedo niente.»

Il sole è tramontato da un pezzo e la notte è calata nera su di noi. Non ci sono luci accese nelle case vicine e nel punto in cui siamo non si distingue l'abitato dalla vegetazione.

«Sbrigati!» le rispondo mentre continuo a camminare.

Un tonfo sordo seguito da un pianto mi fanno fermare.

«Nancy! Carlos! Dove siete?»

«Siamo qui! Sono caduta» risponde Nancy.

Corro verso di loro guidata dai singhiozzi di Carlito. Ne indovino le sagome a terra, ormai avvolte dal buio.

«Sono inciampata ma non mi sono fatta niente. Però forse Carlos si è fatto male, da come piange.»

Passo le mani sul corpo di mio fratello per capire cosa si è fatto. Il pantaloncino è strappato sul ginocchio e dall'urlo che lancia quando glielo tocco si capisce che si deve essere sbucciato la pelle.

«Che facciamo?» chiedo.

«Torniamo indietro. Cos'altro vuoi fare?»

Ci incamminiamo verso la chiesa con Carlos in braccio a me che piange sconsolato, quando intravedo una luce spuntare da una casa. Una donna ci guarda dall'uscio e ci fa segno di avvicinarci.

Nancy mi tira dalla manica del vestito: «Non fermarti, andiamo via. Quella è la casa del prete e lei è la sua segretaria».

La donna ci chiama. «Bambine! Venite qui» grida «cos'è successo?»

Istintivamente mi fermo e faccio qualche passo verso di lei. Nancy pure si ferma, anche se non si avvicina.

«Il bimbo si è fatto male?» mi domanda la donna «fammi vedere.»

Alla luce che sbuca dalla porta aperta vedo il ginocchio scorticato di Carlos, anche le manine si sono graffiate. Ha smesso di piangere e si pulisce il moccio con la manica.

Sono ormai sulla soglia quando la donna dice: «Volete entrare un attimo? Posso dare una pulita alla ferita».

«Non vorrei disturbare» le rispondo.

«Nessun disturbo, padre Jürgens non c'è, è andato a vedere *el encuentro* e non tornerà tanto presto.»

Faccio cenno a Nancy di venire ed entro. Lei mi segue riluttante.

La donna ci fa sedere in una saletta e si avvia con Carlos per la mano verso l'interno della casa. Ha un pancione enorme e si muove impacciata dal peso. Ci ritroviamo da sole a guardarci intorno.

La stanza ha un tavolo al centro ingombro di scartoffie, a una prima occhiata vedo una serie di conti e operazioni scritte a mano. Sopra i fogli spicca una grossa calcolatrice. Alle pareti sono appese diverse fotografie incorniciate. In una mi pare di riconoscere il prete ancora giovane. Ha un bel vestito elegante, i capelli folti e ben pettinati con la scriminatura da un lato. Nelle altre foto il padre è ritratto vicino ad automobili diverse. Sono tutte macchine eleganti, di quelle che di rado si vedono in paese.

«Ecco fatto!» dice la donna entrando nella stanza

mentre Carlito corre ad abbracciarmi le gambe. «Non era niente di grave, solo una sbucciatura. L'ho lavata e ci ho messo un bel cerotto.»

«Grazie» le rispondo «è stata molto gentile.»

«Figurati! Cosa guardavi? Le foto del padre?»

«Sì. Da giovane non faceva il prete?»

«No. Si è fatto prete qui. In Germania faceva tutt'altro. Poi con la guerra si è dovuto arruolare nell'esercito, come tutti...»

La fotografia in bianco e nero del sacerdote da giovane sembra venire da un mondo lontano che non esiste più. La guardo incantata.

Nancy invece smania per andarsene via. È entrata per non essere scortese ma è evidente che non vede l'ora di uscire dalla casa del prete.

«Allora noi andiamo» dico.

«Va bene» risponde la donna «se vi sbrigate magari riuscite a vedere *el encuentro*.»

Quando arriviamo in piazza troviamo le statue di Gesù e di Maria riunite in un piedistallo. La banda sta suonando e i *campesinos* ballano *la rueda*. Dalle statue vengono srotolati due lunghi nastri bianchi che i ballerini intrecciano a mano a mano durante la danza in cerchio. Carlos si è addormentato in braccio a me e finalmente lo riconsegniamo a mia madre: non ne possiamo più di scarrozzarlo in giro. Per fortuna non si è accorta del pantalone strappato e del cerotto. La sfuriata la sentiremo domani.

Nancy non si è unita agli altri *campesinos* a ballare, dice che è stanca e vorrebbe andare a dormire. Ci sediamo su una panchina.

«Va be', dai» le dico «con la scusa abbiamo visto la casa del padre *Gringo*.»

«Io non ci volevo entrare» mi risponde lei.

«Perché? Il prete non c'era e la sua segretaria è gentile.»

Nancy incrocia le braccia con la faccia seria: «Mia sorella dice di starci alla larga».

«E perché?»

«Lascia perdere.»

Più che paura, la faccenda mi provoca curiosità e inizio a insistere con Nancy, ma lei non si sbottona.

La banda musicale intanto si sposta dalla piazza, continuando a suonare, e i *campesinos* la seguono. Fa ritorno verso la propria *comunidad*. Sono per lo più gli uomini ad andarci dietro. Le donne e le bambine rimangono quasi tutte a San Ignacio, ognuna nella casa in cui lavora. La musica sfuma mentre si allontanano.

Io e Nancy ci incamminiamo dietro ai miei genitori e a Carlito, che dorme beato in braccio alla mamma.

Siamo a letto, ormai con la luce spenta, quando provo a insistere con Nancy: «Dai, dimmi cosa ha detto tua sorella sul prete».

La voce di Nancy è un sussurro nel buio: «Che è cattivo. L'ha detto la signora della casa in cui lavora lei. Dice che in Germania quelli come lui ammazzavano la gente. Pure i bambini».

8

Se penso a Nancy a sette anni, vedo Paula alla stessa età. I due volti si sovrappongono. Non ho fotografie di Nancy da bambina. Purtroppo lei non compare mai nelle foto di famiglia. Perché i legami familiari restano ma una *empleada* passa. Non puoi mai sapere quando se ne andrà. E se, quando lo farà, sarà sostituita da un'altra. Per questo nel ricordo metto l'immagine di Paula.

A sette anni ho cominciato a riconoscere davvero sua madre in lei. D'estate, soprattutto, vestita con una canottiera e i pantaloncini corti. Le facevo anche le trecce, due trecce belle lunghe e nere che le ricadevano sul petto, proprio come quelle di Nancy. Potevo stringerla a me con la certezza di abbracciare mia figlia e l'illusione di avere ancora vicino lei.

Il volto di Nancy bambina è il ricordo che più vorrei afferrare. Ancora adesso, chiudo gli occhi e cerco di visualizzarla. La sua immagine mi appare frammentata, un particolare alla volta. Metto insieme i tasselli dei dettagli per formare una figura a cui aggrapparmi, ma più mi sforzo di comporla, più lei mi sfugge. E al suo posto appare Paula.

Di Nancy possiedo solo una fotografia. È la foto di classe del terzo anno dell'Intermedio. Aveva tredici anni. Non eravamo in classe insieme e nemmeno nella stessa scuola. Io frequentavo il *colegio particular* «Alemania», mentre Nancy andava al *colegio* pubblico «Mariscal Sucre». Per la *gente de familia* come me, la scelta obbligata era la scuola privata. La scuola pubblica era per i figli dei *campesinos,* anche se oggi alcuni di loro sono riusciti a proseguire gli studi e si sono addirittura laureati. Nancy riuscì a finire l'Intermedio grazie ai miei genitori che le comprarono i libri e la divisa.

Mi guarda dalla seconda fila, in mezzo a una schiera ordinata di ragazze in camicia bianca e gonna blu. Sorride. Mi sforzo di capire se dietro quel sorriso ci sia un'impronta di tristezza che non sono riuscita a scorgere quando vivevamo insieme.

È l'unica sua foto che ho trovato in casa dei miei genitori. E l'ho presa. Me la sono portata qui, in Italia. Non ho neanche chiesto il permesso a mia madre. Non credo che avrebbe voluto, era dentro l'album di famiglia, insieme a tante altre foto di scuola mie e dei miei fratelli.

Il viso di Nancy a tredici anni è il mio unico appiglio per ricordarla e non confonderla con Paula. È l'età che riassume tutte le altre, Nancy bambina e Nancy ragazza. Le età che sono sfumate nel nulla.

9

L'uscita dal *colegio* «Alemania» è un brulichio di voci e corpi.

Le classi maschili escono per prime, ma i ragazzi si fermano a chiacchierare e ad aspettare le ragazze delle altre classi.

Neanche io ho fretta di tornare a casa.

Oltre i capannelli di gente che parla o si incammina, vedo Nancy.

Viene spesso a prendermi da quando non va più a scuola. Le superiori sono quasi inaccessibili ai *campesinos*. Le spese sono maggiori ed è normale che una *empleada* smetta di studiare.

Eccola lì, in disparte, discreta, che mi aspetta. In un punto in cui non dà nell'occhio perché si vergogna. O forse pensa che mi vergogni io a farmi vedere con lei. Ma a me non è mai importato niente dei pettegolezzi. Che lei è la mia migliore amica lo sanno tutti, a scuola. A un certo punto ho dovuto scegliere: abbandonare Nancy al suo ruolo di *criada*, di bambina cresciuta in casa altrui per servire, e scegliere una sostituta tra le compagne di classe, o continuare a stare con lei.

Non ho mai avuto dubbi.

Mi avvicino a lei e la prendo a braccetto.

«Hai fame?» mi domanda.

«Sì, ma non ho voglia di andare a casa subito.»

«Ho il pomeriggio libero. Ce ne andiamo alla *represa*?»

«Dai. Ci compriamo due *tamales* e ce li mangiamo là.»

La giornata è afosa e quando arriviamo alla laguna siamo accaldate e sudate. I *tamales* li abbiamo divorati strada facendo e appena siamo sulla riva ci togliamo le scarpe per rinfrescarci i piedi nell'acqua.

La spiaggia è deserta, è ora di pranzo e fa troppo caldo.

«Mi tufferei» dico mentre mi bagno i polpacci nudi con le mani.

«Lascia perdere, abbiamo appena mangiato.»

«Appunto. Il bagno lo possiamo fare.»

«Vestite?»

«Mi tolgo la gonna. Tu levati i pantaloncini.»

«E i *piraña*?»

«Hai paura?» rido «ma se lavi sempre i panni nella *represa* con l'acqua fino alle ginocchia.»

«Infatti. L'altro giorno hanno morso mia sorella. Se non devo, non mi butto.»

«Dai, spogliamoci.»

«Tu sei matta.»

Mi sfilo la gonna e comincio a immergermi. Nancy non si muove e la schizzo per convincerla.

L'acqua è fresca, invitante. Mi tuffo lasciandomi andare all'indietro. La camicia bianca della divisa si gonfia, una nuvola di cotone, ariosa e leggera.

«Vieni, Nancy! È bellissimo» grido. Lei si incammina verso di me, incerta.

«Non c'è nessuno, dai.»

La afferro dai fianchi e affondiamo in un abbraccio. Sott'acqua scorgo i nostri corpi che fluttuano, i capelli che si aprono a ventaglio sopra le teste. Sospesi e privi di peso. Il silenzio che mi avvolge ha lo stesso suono ovattato che si sente all'interno di una conchiglia.

Ridiamo quando emergiamo.

I vestiti, la maglietta di Nancy, la mia camicia, si attaccano alla pelle, trasparenti.

È un bagno veloce. Perché i *piraña* ci sono davvero. Ed è il periodo in cui le femmine depongono le uova e sono più aggressive.

Ci sediamo di nuovo a riva. Capelli e vestiti zuppi, che gocciolano. Il petto che si alza e si abbassa, per il fiatone.

«Ti si vedono le tette» dico a Nancy.

«Anche a te» mi risponde.

Con la camicia bianca si vedono meglio che a lei. Oggi sono pure senza reggiseno.

«Tanto non sono mica grosse, le mie. Non me le guarda nessuno.»

Nancy si strizza i capelli. Un rivolo d'acqua scende giù a terra. Io invece li lascio gocciolare. Mi piace la sensazione che mi danno i capelli e i vestiti zuppi addosso. È come se la *represa* fosse penetrata in me.

«Te lo ricordi il nostro *pacto de sangre*?» dice poi Nancy.

La scena è viva ai miei occhi come se fosse accaduta ieri. Io e Nancy scaviamo una buca nel terreno. Nessuna delle due ha il coraggio di tagliarsi e decidiamo di farlo a vicenda. Inizio io. Il temperino apre la pelle di

Nancy tra l'indice e il pollice. Le gocce di sangue cadono al suolo, scure e brillanti. Nancy invece è meno decisa nel taglio e il mio sangue non esce. La pelle si lacera solo in superficie. Dopo qualche tentativo fiacco, sferra un fendente eccessivo. Un disastro. La ferita è profonda e mi devono portare dal dottore.

«Certo» mi guardo la mano in cui si intravedono ancora i punti di sutura, l'ombra di una cicatrice che sta scomparendo. «Ma cosa c'entra adesso?»

«Tra un po' ti farai il fidanzato e ti dimenticherai di me.»

«Chissà. Magari te lo fai prima tu.»

«Perché? Secondo te sono più bella?»

«No, ma hai le tette più grosse.»

Nancy fa finta di offendersi e mi dà una spinta. Anch'io. Finiamo avvinghiate, in una via di mezzo tra il solletico e la lotta. Finché cadiamo distese. La sabbia e le foglie si attaccano ai vestiti, alla pelle bagnata. I granelli confusi ai capelli, come se ne fossero parte.

10

«Hai parlato a Johnny?»

Paula alza lo sguardo dal cellulare e si gira dalla mia parte. Siamo sedute su una fila di sedie allineate lungo un corridoio. Non leggo fastidio nella sua espressione, solo un accenno di riflessione.

«Non ancora. A questo punto aspetto di sapere i risultati degli esami del sangue.»

«Perché?»

«Per essere sicura, no?»

Rimango un attimo perplessa. Che sia incinta non l'ha messo in dubbio nemmeno il medico di famiglia. Ha fatto solo una richiesta di esami molto lunga. Ma il risultato del test fatto in casa gli è bastato. A Paula non dico niente. Forse aspetta di vederlo scritto su carta per crederci davvero. E poi l'abitudine di tergiversare so che l'ha presa da me e non posso certo biasimarla.

Un suono elettrico, simile a un campanello, annuncia il numero di turno, che lampeggia su un visore a cristalli liquidi appeso in alto di fronte a noi. Ne abbiamo una decina davanti. Le persone in attesa sono in maggioranza anziane. Gente che è lì per curarsi gli acciacchi. Solo un paio sono giovani, di cui una in stato avanzato di gravidanza.

La lista di esami che deve fare Paula mi pare persino esagerata. Come se mia figlia avesse una malattia sconosciuta. Leggo sul foglio di richieste del medico tanti termini misteriosi in fila: emocromo, transaminasi, una lunga serie di anticorpi, anti citomegalovirus, anti rubella, anti herpes, anti toxoplasmosi, antigene Australia, anti HIV. Penso a sua madre che non ha mai messo piede in un ospedale e che l'avrà data alla luce su una stuoia, aiutata da una donna più anziana.

Lo schermo del cellulare di Paula adesso è spento e il telefono giace abbandonato sulle sue gambe. Mi accorgo che sta fissando un punto davanti a sé con espressione assorta.

«Non farlo aspettare troppo, però. Appena ci danno i risultati, parlagli» le dico.

Lei non risponde. So che si sta trattenendo perché siamo in un luogo pubblico, in mezzo a gente che non conosciamo, altrimenti avrebbe già sbuffato e protestato.

«Tanto, voglio dire, mi sembra un bravo ragazzo» aggiungo.

«Davvero?» risponde lei «avrei giurato che non ti piaceva per niente.»

«Ma no! Perché dici questo?»

«Non so, così. Mi sembrava.»

In realtà non è neanche questione di piacere o non piacere, penso. La situazione in cui Paula si trova ora è questa e la stiamo affrontando. Bisogna coinvolgere anche lui. Tutto qua.

Però che sia un bravo ragazzo lo penso davvero. Non so nemmeno io per quale motivo esattamente. Mi rendo conto che tra me e le altre persone, mia figlia, Johnny, ha più forza ciò che non esprimiamo, i vuoti lasciati dal non detto. Le impressioni che si accumulano sulle impressioni. E la sensazione che ho, netta e inequivocabile, è che lui ci sarà, che le starà accanto. Basterà dirglielo.

11

I tre giorni del *Carnaval* sono i più attesi dell'anno. Tre giorni di festa, di balli, ubriacature e fango.

Il periodo è quello estivo, con improvvise e intense precipitazioni che rivestono il paese di enormi pozzanghere di terra e acqua rossa, di rivoli di fanghiglia colorata che scorrono per le strade. Durante il giorno le *comparsas*, i gruppi di persone suddivisi per famiglia, per età o affinità, sfilano e ballano per le vie impolverate del paese, seguiti dalle bande che suonano. Se piove, la festa non è rovinata, anzi. Ci si immerge nel fango, si gioca a tirarselo addosso come in Europa si fa con la neve. La sera ci si dà una bella ripulita, si tirano fuori i vestiti eleganti e si va al Club Social, ad ammirare le aspiranti regine, dai vestiti cosparsi di piume e paillettes, e si balla.

È la seconda sera di carnevale. Il cuore della festa. Quella che sta in mezzo, dopo l'atteso esordio che si fatica a gustare e la sera dell'incoronazione finale, che sa già di fine e di nostalgia. La seconda sera è la più bella.

Io e Nancy siamo sedute a bordo pista a commentare. Come è vestito quello, guarda come sculetta la vicina, hai visto il tale che ci prova con la tizia. Cose così. Ogni tanto ci alziamo e balliamo tra di noi o con uno dei miei fratelli, a turno. Non si balla da soli, non si usa. La danza è esclusivamente di coppia, ma due ragazze possono ballare insieme.

Nancy sta ballando con mio fratello Luis. Il suo ampio vestito disegna in aria volte e spirali che mi ipnotizzano. Abbiamo abiti quasi uguali, cuciti con la stessa stoffa verde mela, il colore di moda quest'anno. Li ha confezionati la mamma, questa volta, ricalcando l'usanza di quando eravamo piccole. Ha cambiato soltanto un pochino il modello, quello di Nancy è ampio, a balze, il mio è più aderente, con uno spacco laterale.

Un ragazzo che non conosco si avvicina a me. Sembra impacciato e non sa bene come rivolgermi la parola. Io lo guardo in faccia, spavalda, e allora parla: «*¿Quiere bailar, señorita?*»

Ha un accento strano, sarà brasiliano, penso. Come risposta gli tendo la mano e lui me la afferra mentre mi alzo. Non è un gran ballerino, sembra impacciato pure nei movimenti. Tra i volteggi cerco lo sguardo di Nancy e Luis. Mi pare che se la ridano sotto i baffi, o forse è un'impressione.

Solo quando mi riaccompagna a sedermi faccio caso al suo volto e ai suoi occhi, entrambi gradevoli.

«Hai fatto colpo sul *gringo*, Ada?» domanda Nancy dopo essersi seduta accanto a me.

«Perché, è un *gringo*?» rispondo.

«E cosa ti sembra, a te?»

Ripenso al suo accento strano e al modo insolito di ballare.

«Ma lo conosci?»

«No» dice Nancy «ma deve far parte di quelle famiglie straniere che sono venute a costruire nel lato nuovo del paese.»

«Non è proprio un *gringo*» si intromette Luis «è un italiano.»

Il termine *gringo*, in effetti, lo usiamo per gli americani e i tedeschi, per lo più, per gente che usa lingue incomprensibili. Italiani e brasiliani sono considerati *latinos*, in qualche modo.

«Allora tu lo conosci?» chiedo a mio fratello.

«Mi sa che è arrivato il momento che Ada pensa a farsi il fidanzato» ride lui.

«Non rompere! È solo curiosità.»

«È il figlio di Don Giuseppe, l'ho conosciuto alla cooperativa. Si chiama Giovanni. È arrivato da poco dall'Italia.»

L'Italia. In quel momento mi suona tanto esotica e lontana.

Lui è seduto dal lato opposto della sala da ballo. Mi accorgo che anche Nancy lo sta squadrando. Giovanni guarda noi e gli altri ragazzi che gli stanno attorno, a turno. Sorride. Non riesco a capire se è interessato a me o a Nancy. Da questa distanza sembrerebbe a tutte e due. Gli abiti verde mela ci confondono, penso. Ci fanno sembrare due gemelle vestite uguali. Per la prima volta vorrei che la mamma avesse usato stoffe diverse.

12

La piazza della chiesa è il centro del paese, lo è sempre stato. E non solo perché è lì che sono nate le *reducciones* dei padri gesuiti nel Settecento, ma perché è attorno alla chiesa che si svolge la vita degli abitanti dei paesi della regione. Se non si va a fare il bagno alla *represa* o non ci si addentra nel *bosque* non ci sono molti altri posti dove andare. Il Club Social è aperto di sera in occasione di feste o balli, come a Carnevale. Di giorno allora i giovani si incontrano in piazza, dove si passeggia, si compra una granita o un *refresco* dal carretto ambulante, si guardano i coetanei in divisa che tornano da scuola. Le panchine sotto l'ombra degli alberi sono le più ambite. Con Nancy riusciamo a sederci in una di queste, proprio di fronte alla chiesa. Io spero di vedere Giovanni, vorrei guardarlo meglio, alla luce del sole spesso persone e cose appaiono diverse. E magari, chissà, lui si fermerà a parlare con noi, visto che al Club Social abbiamo ballato insieme.

Ma Giovanni non si vede. In compenso vediamo arrivare da lontano il padre *Gringo*. Si avvia verso la chiesa con un'andatura lenta e strascicata. Quando ci passa davanti, ci lancia un'occhiataccia e bofonchia una delle sue solite frecciatine.

«Che ci fate qui davanti voi due? Invece di guardare i giovanotti dovreste venire più spesso in chiesa a confessarvi.»

«Io sono già venuta due giorni fa, padre Jürgens» rispondo mentre sento il gomito di Nancy che mi punta sul costato.

«Sempre con la risposta pronta, tu. Vero?» dice il padre mentre già si allontana.

Si è ingobbito con gli anni e ha perso ormai quasi tutti i capelli. Non ci fa più la paura che ci incuteva da bambine, ma aspettiamo entrambe che si allontani per commentare.

«Eccolo lì, *el cura Chupateta*» ridacchio quando ormai è entrato in chiesa. Anche Nancy se la ride, nascondendo la bocca con la mano.

Il nuovo appellativo è andato a sostituire il troppo generico *Gringo* che si usava quando ero bambina. Gli è stato affibbiato dopo essere stato beccato con la faccia immersa nel petto di una compiaciuta fedele. Come da usanza in paese, l'episodio l'ha bollato a vita. *El cura Chupateta,* certo non è il modo in cui ci si rivolge a lui, ma l'*apodo* viaggia vispo in paese, dissacrandolo, ma anche smorzando il timore che ispirava ai bambini.

«Farisei!» tuona durante i suoi sermoni domenicali «Farisei, quelli che dicono che convivo con la mia segretaria!»

Quando, poi, la segretaria di turno finisce *petacuda* e il pancione è troppo imbarazzante da sbandierare a destra e a manca, il prete la manda in una sua *hacienda* e la fa sposare con uno dei suoi *peones*. E noi lo sappiamo bene. Il pensiero corre svelto a quella segretaria che ci fece entrare a casa sua anni fa.

Plata y mujeres, donne e soldi, sono la sua passione. La chiesa lo accolse al suo seno alla fine della Seconda guerra mondiale e gli permise di farsi una fortuna, tanto che negli anni Cinquanta e Sessanta mezzo paese apparteneva a lui. In seguito, dato che non sempre le due passioni sono compatibili, il suo piccolo impero economico si è ridimensionato. E anche le dicerie sulla sua vita in Germania prima della guerra si sono messe piano piano a tacere.

Visto adesso, sembra un vecchietto qualsiasi, una delle tante figure folcloristiche che popolano il paese.

Il gomito di Nancy mi punta di nuovo sul fianco, con più insistenza questa volta. Sembra lontano il tempo in cui si terrorizzava al sentir nominare il prete.

«Guarda chi c'è là» dice.

È Giovanni che attraversa la piazza. Al padre *Gringo* non ci penso già più.

13

L'infermiera del consultorio ci porge una cartellina.

«Dentro ci sono i risultati degli esami del sangue.»

Io e Paula cerchiamo di interpretarli. È una lingua sconosciuta, quella che parla il corpo. Semplice in superficie, al livello della pelle, e sempre più complessa più se ne penetrano i tessuti. L'infermiera ci spiega quello che poi sembra ovvio. Da un lato ci sono quei nomi incomprensibili, incolonnati accanto i risultati di Paula e nella colonna più a destra i valori di riferimento. I numeri di Paula sono tutti perfettamente dentro il minimo e il massimo. Le beta hCG, l'ormone della gestazione, presente come previsto. Gli anticorpi tutti negativi. Una ragazza così giovane non sembrerebbe pronta ad affrontare una gravidanza e la maternità, ma la natura ci dice l'esatto contrario.

«Prima di compilare la cartella clinica, dovrei sapere se intende interrompere o proseguire la gravidanza.»

L'infermiera pronuncia la frase con molta naturalezza. Le opzioni sono molto semplici e, non so perché, ma dette così hanno il potere di tranquillizzarmi. Interrompere o proseguire. È naturale, la vita stessa si interrompe o continua.

«Proseguire» dice Paula, con altrettanta semplicità.

Non mi ha ancora detto cosa la spinga in questa direzione. Alle mie domande tergiversa. Eppure le motivazioni razionali fanno pendere la bilancia dall'altra parte: la giovane età, la scuola da finire, un rapporto con il padre del bambino non proprio stabile, l'incertezza del futuro. «Non me la sento di abortire, non so bene perché» è il peso che controbilancia tutto. Ed è sufficiente. Io non l'ho mai provato sulla mia pelle, ma una scelta del genere deve basarsi interamente su una questione di sentire. Una voce da dentro che ti suggerisce il da farsi.

L'infermiera comincia a scrivere i dati sulla cartella e ci fissa il primo appuntamento con la ginecologa. Quando ha finito ci consegna il tutto e ci congeda.

Io e Paula ci incamminiamo verso casa, in silenzio. Ogni tanto la guardo di sottecchi. Mi accorgo solo adesso che per questa occasione si è truccata. Non si trucca quasi mai e neanche io del resto.

Lo facevo quando vivevo in Bolivia, ora ho perso l'abitudine. I colori sul suo viso la trasfigurano leggermente, la rendono un po' diversa. Ma non le dico niente. Il rossetto, la matita sotto gli occhi, la fanno apparire più grande. Immagino l'avrà fatto per questo. O magari per lei l'appuntamento era un'occasione importante, chissà. Rappresenta l'affermazione ufficiale della sua gravidanza. Il suo essere madre è stato messo nero su bianco.

«Stasera chiamo Johnny, mamma» mi dice, dopo un po'.

La macchina è in corsa e non si può più fermare. La

sensazione non è sgradevole. Dà un'impressione di sicurezza nuova, che mi sorprende.

«Bene.»

È l'unica cosa che riesco a dire. Ma forse non c'è bisogno d'altro.

14

Arrivo a casa e trovo Nancy.

Ha la scopa in mano e sta spazzando pigramente il marciapiede davanti all'ingresso. Non si aspetta di vedermi a quest'ora e si ferma, la scopa in diagonale davanti a sé.

«Ciao, Nancy.»

Sono io a salutarla per prima. In questo periodo stiamo meno insieme e lei è timorosa nell'interagire con me. Ha paura di dire qualcosa di sbagliato, di fare un passo falso che ci allontanerà ancora di più.

«Come mai sei qui così presto?» non c'è astio nella sua voce, solo cautela.

«Giovanni non c'è. È andato a Santa Cruz a fare dei documenti» rispondo.

«E tu? Perché non sei andata con lui?»

«Lo raggiungo tra qualche giorno. Tanto si deve fermare un po' in città.»

«Ah!» esclama mentre ricomincia a spazzare il pavimento.

«Così stiamo un po' insieme.»

«Prima di partire» dovrei aggiungere, ma non oso. Posso rimandare ancora il momento per dirglielo. Manca qualche giorno alla mia partenza.

Qualche giorno prima di andare in città a fare il passaporto e il visto per l'Italia. Qualche giorno per stare insieme a lei senza tanti pensieri. O almeno così mi piacerebbe passarli. Però mi accorgo di aver perso l'occasione per confessarglielo.

Le tolgo la scopa dalle mani: «Andiamo a farci un giro» dico.

«Veramente dovrei finire di pulire» risponde lei.

«Puoi dire a mia madre che è colpa mia. Che sono stata io a trascinarti fuori.»

Nancy sorride, sa che è una buona scusa. Mia madre bofonchierà qualcosa e poi ci farà pulire insieme. Non è mai stata esigente con la pulizia. L'importante per lei è che non ci sia troppo chiasso in casa, troppi battibecchi. La polvere per terra non le dà fastidio, in fondo. La togli, la spazzi, la butti fuori, ma tanto torna presto. Le discussioni, i rancori, in una famiglia numerosa sono più ingombranti. Sono una forma di disordine inevitabile, che pretende maggiore attenzione e più sforzo per essere contenuta.

Ci avviamo con calma, a braccetto, senza una meta precisa. I passi ci portano là, nel nostro posto, ricalcando una vecchia abitudine, sopita ma non spenta.

Ci sediamo sotto le chiome degli alberi, sulla terra nuda. La radura è diventata più grande. Hanno costruito delle case nuove e il paese si è espanso fino a qui. Il nostro posto ha cambiato fisionomia se si guarda verso l'abitato, ma la vegetazione che si trova alle spalle è lo stesso intrico di allora. Per consuetudine ci siamo sedute sotto l'albero di sempre. Un *bibosi* le cui radici volanti si confondono con i rami. Insieme formano una costruzione, una gabbia che ci protegge. Questo albero è l'esatto contrario del *toborochi*. Il primo è un'impressionante composizione di rami e radici, il secondo consiste in un unico fusto, snello, ma con una grossa protuberanza al centro che ricorda la sagoma di una donna dai fianchi molto larghi. Sono i miei alberi preferiti, l'immagine sostanziale della flora della selva. Da qualche parte, qui davanti a noi, c'è la buca in cui abbiamo versato il nostro sangue. Il punto esatto non so più dov'è. Il terreno e le sue asperità – piccoli arbusti, cespugli, le radici stesse del *bibosi* che continuano a crescere – hanno mutato sembianze. Mi piace pensare che quelle gocce di sangue abbiano fatto germogliare qualcosa, si siano fuse all'humus della terra.

Io e Nancy siamo immerse nel silenzio. Un silenzio spesso, compatto, che quasi si può toccare. Amplificato dai suoni naturali del *bosque*, fruscii di foglie, grida di uccelli. Ho la sensazione che le parole lo potrebbero profanare, o rompere un qualche equilibrio, fatto di azioni che precedono questo istante. O forse è solo paura, codardia. Il timore di deludere Nancy, o meglio, di confermare ciò che temeva. Un fidanzato, un futuro marito, mi porterà via e ci dividerà. Un fidanzato *gringo*, per di più, che italiano o meno mi porterà in un altro continente e ci separerà senza appello.

Aspetto ancora qualche istante per parlarle. Per far durare ancora un po' la vecchia promessa, che staremo sempre insieme.

Quando il silenzio è diventato assordante, mi decido.

«Nancy, devo dirti una cosa.»

«Lo so» risponde lei.

La guardo, stupita. La sua espressione è tesa, la stessa di quando sono arrivata a casa.

«Come fai a saperlo?»

«Ho sentito tua madre che ne parlava.»

Sento la faccia infuocata, dalla vergogna e dalla rabbia. Vergogna per non averlo detto io per prima e rabbia perché lei ha aspettato ad affrontarmi.

«Dovresti saperlo che sono sempre in casa tua e sento tutti i vostri discorsi. La *empleada* sa sempre tutto, no?»

Anche la sua faccia è scura. Si sente tradita.

«Perché non mi hai detto niente?» le domando.

«Potrei chiederti la stessa cosa.»

Una nuova ondata di silenzio, più spessa e ingombrante di prima, cade tra noi, a dividerci. La gabbia del *bibosi,* che pochi minuti fa sembrava proteggerci, ora mi imprigiona. Vorrei andarmene. Pensare a me e basta.

«Forse è meglio se torniamo a casa» le dico.

Lei mi blocca afferrandomi un braccio. Adesso l'astio si vede chiaramente nel suo volto.

«Sei stata ingiusta, Ada.»

«Lo so, e mi dispiace. Volevo dirtelo prima, ma avevo paura e ho aspettato. Non pensavo che l'avresti saputo da mia madre.»

«Non è per quello che sono arrabbiata.»

«E per cosa, allora?»

«Perché te ne vai così lontano. A me non hai proprio pensato?»

«Sì che ci ho pensato. Ma cosa posso fare? Sto per sposarmi e seguo mio marito. In Italia ha più possibilità con il suo lavoro e non ha mai pensato di fermarsi in Bolivia per sempre.»

«Non potete rimanere qui?»

«Non possiamo, Nancy. Altrimenti lo faremmo.»

La abbraccio, come ho sempre fatto, ma lei non risponde al mio contatto. Non mi stringe, rimane lì, inerte e ostile. Ho la certezza che non mi crede.

PARTE SECONDA

15

«*Embarazada.*»

«*¿Qué?*»

«*Nancy. Nancy está embarazada.*»

Mia madre è tranquilla, lì in cucina, a ricamare fiori. L'espressione serena, né arrabbiata né stupita. Con *cariño,* quasi. Con quello stesso affetto distaccato che ha sempre provato per lei. *Hija, mi hijo.* Lì da noi in fondo si usa per tutti. Basta che lui o lei sia più piccolo, al limite solo più giovane. E che ci sia *cariño*. Madre e padre si dice anche ai nonni, per esempio. Le parentele non sono così rigide come in Italia.

Nancy incinta. La notizia non mi lascia mica indifferente. Io sono sposata già da tre anni e non ho ancora avuto figli. *Ada no puede tener familia.* Così dice mia madre a chi le chiede notizie. Così, tranquilla, con quella stessa espressione che ha ora, di chi constata un fatto e non lo giudica. Come quando commenta che *tío* Milton beve troppo, che a pranzo è già ubriaco e passa il pomeriggio a russare sull'amaca. *No se puede ha-*

cer nada. Así es la vida. Chi fa troppi figli, come lei stessa che ne ha avuti otto e con quelli che non ce l'hanno fatta arriva a dodici gravidanze – praticamente ha passato incinta tutta la vita adulta – e chi non ne fa nessuno. C'è una forma di giustizia in questo. «Vizi e virtù» che si distribuiscono secondo un disegno preciso, a noi superiore. *Si Dios quiere,* tutto *si Dios quiere,* per mia madre.

Io ci sono rimasta male, invece. Per me e per Nancy. Lei sì e io no. Per invidia e stupore, ché a me non ha ancora detto niente.

«È a San Toñito. Se la vuoi vedere. Lì non c'è il telefono, lo sai. Saprà che sei qui, qualcuno glielo avrà detto, ma forse non se la sarà sentita di camminare.»

Certo. La mamma ha ragione, io sono appena arrivata dalla città dopo il viaggio in aereo dall'Italia. Lei non è qui ad aspettarmi, fa le sue cose, ha la sua vita. Com'è giusto che sia.

«Come sta Nancy?», «Bene, è qui, lavora» o «Bene. È a San Toñito». Io chiedo sempre notizie di lei quando telefono dall'Italia. E la mamma mi dà sempre una di quelle due risposte. O qui, a San Ignacio. O là, a San Toñito. Punto. Quella è la vita di Nancy e tanto mi basta sapere, secondo mia madre. E anch'io mi accontento. La immagino lì, su quello stesso divanetto dove siamo cresciute insieme guardando *Terra Nostra*. A fare che? Ad aspettare, suppongo. Ad aspettarmi.

«Ma si è sposata?» domando a mia madre.

«No, non credo. Veramente non so neanche chi sia il padre. A noi non ha detto niente.» Ricama i suoi fiori, rapidissima, non smette neanche quando alza gli occhi per guardarmi.

«Perché non la vai a trovare? Chiedi a tuo fratello Luis che ti accompagni con la jeep.»

Certo. La mamma ha ragione, di nuovo.

16

Sono in macchina, al posto di guida.

Accanto a me c'è Luis. Guido benissimo, senza alcuna difficoltà. Le ruote scivolano via veloci come su una strada asfaltata. Sono in Bolivia, lo riconosco dal paesaggio che scorre fuori dai finestrini e dalla terra rossa che si solleva in una nube di polvere, come la scia di un aereo, ma che arriva anche a me, sulla faccia, in bocca. Ne sento il sapore. Ai lati della via, spirali infinite e inestricabili di rami. *El bosque, la selva,* è il nostro mare. È quasi azzurro, infatti, se lo guardi dall'alto. Dall'aereo, se il cielo è sereno, o dalla cima del *cerro*. Si vede anche una specie di frastagliato orizzonte. Eppure la macchina fila come su un'autostrada.

Inizia a sobbalzare per le buche nel terreno quando i rami di entrambi i lati della strada si uniscono sopra di noi, creando un tunnel. È un dondolio all'inizio, dolce e piacevole. Si inasprisce a poco a poco. Sono costretta a rallentare per superare le asperità del terreno. Fino a procedere a passo d'uomo. Scavalchiamo i dossi come fa una barca con le onde del mare. Mi fermo e apro la portiera per guardare cosa c'è nel suolo. La strada è ricoperta da enormi tronchi tagliati. Scheletri di alberi abbattuti dai taglialegna: il disboscamento arriva anche qui. La *selva* ferita da miriadi di strade che avanzano a lisca di pesce da tutte le direzioni. Il polmone amazzonico con i suoi alveoli, iridato da una linfa distruttiva. Richiudo la portiera e metto in moto. Guardo Luis accanto a me. Non è più lui, al suo posto c'è Giovanni, mio marito. Anche lui mi guarda, è tranquillo, fiducioso. *Confía en mí*, nelle mie capacità di guida. Lo devo traghettare a destinazione e ricomincio la navigazione sui tronchi. Su e giù. Su e giù. Un tragitto di almeno un'ora.

L'arrivo a San Toñito è repentino. La strada si chiude a riccio: l'entrata alla *comunidad* è come l'opercolo di una chiocciola. Dentro, lo spiazzo tondo e spoglio. La costruzione che si vede per prima è la chiesa, una capanna un po' più grande delle altre, al centro, anch'essa dai muri di fango e sterco e il tetto di paglia.

Cammino verso Nancy. È lì che ci aspetta. In mano ha una foglia di *ocoró*. È una foglia enorme, vellutata, di una pianta endemica. Ha la stessa consistenza della carta vetrata, quella di grana più fine, quasi liscia al tatto. Nancy la accarezza e ci sorride prima di sfumare via e sparire alla mia vista come nebbia al sole.

17

La macchina di Luis arranca a fatica. Sobbalza a ogni buca, a ogni sasso. È difficile chiamare strada quella via tortuosa, ma è una strada. L'unica strada che esiste. Fin dai tempi dei gesuiti. Non sarà cambiata molto da allora. Trecento anni, all'incirca.

Prima di andare a San Toñito, Luis deve passare da Santa Ana, dalla casa dei suoi suoceri, a portare un po' di cose. Non si fa mai un viaggio per niente. Andare a trovare Nancy non è un motivo sufficiente di per sé, a quanto pare. Ma nemmeno si dice di no a una sorella che viene dall'Europa, mezza *gringa* anche lei. Allora si fa una deviazione, a Santa Ana questa volta. Due ore di macchina, è più lontano di San Toñito, che infatti è una *comunidad* del distretto di San Ignacio e non di Santa Ana.

Da Nancy passiamo al ritorno.

La sosta dai suoceri è abbastanza breve, rispetto ai tempi di queste parti, ovvio. Ci si ferma per un caffè e un *pan de arroz*, per lo meno.

Ci offrono una *chicha*: «Stai tranquilla» mi dice Don Armando, il suocero di Luis, ridendo. «Non è masticata. Quella poi ve la danno a San Toñito.»

Tutti ridono e bevono. Anch'io.

«Passiamo a vedere la chiesa» dice Luis quando siamo tornati in macchina. Mi sembra un po' alticcio, ha lo sguardo velato e la voce impastata. Anch'io.

La facciata della chiesa è quasi uguale a quella delle altre *misiones*, di San Miguel e San Rafael, ma le decorazioni in mica la rendono brillante alla luce del sole. Ha ancora la struttura originale, lo stesso legno lavorato dagli indigeni sotto la guida dei padri missionari. Le colonne barocche intarsiate, sotto il tetto spiovente, sono perfettamente simmetriche. La piazza del sagrato non è ammattonata ed è rivestita da un'erbetta verde, ci sono anche una mucca e un paio di pecore che pascolano. Ruminano pacifiche, il muso disteso in un sorriso di fiducia nel mondo, il corpo lento immerso nel reale.

Io e Luis passeggiamo in silenzio, quasi a lasciar parlare il luogo. E poi mio fratello è sempre stato uno di poche parole.

«Andiamo!» mi dice quando ritiene la visita conclusa. Mi chiedo perché mi ci abbia portata. Come se fossi diventata una turista, una straniera. O per giustificare meglio la deviazione.

Il tragitto verso San Toñito ci riporta indietro, intanto svaporano i fumi dell'alcol. Parcheggiamo la macchina un po' lontano dalla *comunidad*, l'intrico della vegetazione è troppo fitto. Una ventina di minuti a piedi. Luis mi fa strada nella boscaglia aprendomi il passaggio tra i rami con un coltello. Gliene sfugge uno che mi sferza la faccia come una frusta.

Alla prima radura incontriamo un gruppo di bambini. Saranno una quindicina, tutti di età diverse, dai due ai dodici anni. È normale imbattersi dapprima nei più piccoli quando ci si avvicina a una comunità rurale, sono i più curiosi. Ci fermiamo a salutare. Luis regala qualche bacca di *pitón* che tira fuori dalla tasca, sono dolci come caramelle. Ma non sono caramelle, quelle è meglio non darle, come fanno a volte i turisti stranieri. Si impietosiscono di fronte alla povertà degli indigeni e distribuiscono dolciumi, che non risolvono i loro problemi e provocano carie che poi non si possono curare. Non capiscono che la loro è povertà, l'avere poche cose, non è miseria. Quella si può vedere bene nelle grandi metropoli. A Santa Cruz, il capoluogo della regione, ci sono intere famiglie che vivono per strada, su coperte che delimitano i loro spazi privati come se fossero abitazioni. A seconda del regime al governo e dell'andamento dell'inflazione, i poveri si moltiplicano e proliferano nelle città. Le comunità rurali, invece, vivono allo stesso modo da secoli. Anche se è giorno siamo letteralmente immersi in una nuvola di zanzare. Ho scordato di spruzzarmi il repellente e si avventano su di me.

«Perché non pungono te, né i bambini?»

Luis ride: «Pungono anche noi, ma non ci facciamo caso».

«Sarà!» Guardo sconsolata le mie gambe gonfie di bitorzoli.

«Hai il sangue da *gringa*, ormai, e alle zanzare piace di più» aggiunge Luis.

I bambini sorridono. Hanno tutti i lineamenti indigeni, faccia rotonda, occhi allungati, zigomi sporgenti. Ma due di loro sono biondi, un bimbetto che avrà tre anni e una bambina più grande, di sette o otto anni. Saranno fratelli. Li guardo meglio. Hanno i capelli chiari, di un biondo slavato, e le iridi azzurre incastonate in quegli stessi occhi allungati. Solo i colori sono esotici.

«*Mira, qué chocos que son*» dico a mio fratello. Luis alza le spalle, non gli sembra tanto strano. In tutte le famiglie c'è un figlio *choco*, così come ce n'è uno *negro*. Nella mia c'è mia sorella Alberta, per esempio, che nessuno chiama così, bensì la Negrita, perché è più scura degli altri. Eppure quei due piccoli *indiecitos* biondi mi incuriosiscono. Mi fanno venire in mente padre Jürgens e i suoi figli illegittimi disseminati a San Ignacio e dintorni.

I bambini ci fanno strada verso il centro della *comunidad*, un semplice slargo contornato dalle capanne delle famiglie. Ci portano a quella di Nancy, ma lei non c'è. I suoi parenti ci fanno accomodare davanti all'entrata. Qualche ceppo fa da sedie e tavolino. Anche perché dentro la capanna, sbircio, non c'è assolutamente niente. Si dorme per terra, sulle stuoie. Non è la prima volta che vedo delle abitazioni quasi vuote, essenziali, con pochi oggetti, decine e non centinaia o migliaia come nelle case in Europa. Ma questa ne ha anche meno.

Ci servono la *chicha*. Io e Luis ci scambiamo un'occhiata divertita. È quella *chicha* lì. Quella che si fa fermentare con la saliva, masticando e sputando il mais, boccone dopo boccone.

«Provala» fa Luis «e poi mi dici.»

«Come fai a sapere che è quella?»

I parenti di Nancy sorridono, sornioni, sanno che per gentilezza non si può rifiutare.

«La provi!» mi incitano anche loro.

La assaggio. È molto più buona di quella non masticata.

«*Está buena*» dico.

«Vedi? È da quello che la riconosco, perché è più buona.»

Beviamo e ridiamo. Il ricordo sfuma attorno a una domanda: «*¿Dónde está Nancy?*» e alla risposta evasiva: «*No está. No está*».

18

«Arena.»

...

«Arena. Paula Arena.»

L'infermiera deve ripetere due volte e dire anche il nome per richiamare la nostra attenzione. Paula è immersa nello schermo del suo cellulare e io e Johnny probabilmente stentiamo a riconoscere il cognome. Lui si sarà aspettato di sentire il proprio, perché è qui per suo figlio. E io tendo a misconoscere Paula nel cognome del mio ex marito. È una delle poche tracce di sé che ha lasciato su di lei. Di cognomi dovrebbe averne due, il mio, che l'ho cresciuta, e quello di Nancy, che l'ha data alla luce. Invece si porta dietro quel cognome, Arena, che in spagnolo significa sabbia, qualcosa che si disfa in granelli impalpabili, che più si vuole afferrare e più sfugge, come la storia di Paula, che poi è la storia di sua madre. Una sabbia che si muove sulla battigia, a seconda dei moti dei flutti, e muta forma. Come il ricordo di Nancy che si sfilaccia con il tempo.

Come il sogno che mi fa visita e che la trasfigura. Un cognome che è un destino.

Ci alziamo all'unisono e seguiamo l'infermiera nella sala visite.

Fa andare Paula dietro un paravento a spogliarsi mentre noi ci sediamo al lato di un lettino.

Paula arriva in maglietta, nuda dalla cintola in giù. Quando si siede sul lettino e alza la maglietta si vede un accenno di pancia che scompare non appena si stende.

«Arena Paula» sentenzia una dottoressa giovane, dall'aria fredda e distaccata. «Ultima mestruazione?»

Paula mi punta addosso i suoi occhi sgranati, come a dire «Traduci! Cosa vuole sapere da me?»

«Data dell'ultima mestruazione?» si affretta a rispondere alla domanda muta di mia figlia la dottoressa che è evidentemente di corsa – siamo l'ultimo numero in attesa della mattinata, in piena pausa pranzo.

«Settembre. Era settembre» dice Paula.

«Settembre quando? Il giorno non te lo ricordi?»

«Il giorno in cui mi sono venute o il giorno in cui sono finite?»

La dottoressa finalmente sorride, intenerita da tanta ingenuità: «Il giorno di inizio». Johnny le osserva muto, disorientato da quel calcolo che sembra escluderlo del tutto dal discorso, come se il fatto che Paula sia incinta fosse una questione solo sua.

«Non saprei. Non me lo ricordo. Sarà stato intorno a inizio mese, perché la scuola non era ancora iniziata.»

«Inizio mese. Il primo settembre. Già è qualcosa». La dottoressa armeggia su una ruota di cartone plastificato a doppio fondo. «Bene, data presunta del parto: 30 maggio.»

«È un problema se non me lo ricordo?» chiede Paula.

«No. Ora lo vediamo anche dall'ecografia.»

Finalmente si alza e va a prendere un flacone da cui spreme una generosa quantità di gel azzurro sul ventre di Paula. Con un sensore comincia a scorrerci sopra.

«Eccolo qua» dice.

Sul monitor accanto al lettino compaiono delle chiazze composte da una miriade di puntini di diverse gradazioni di grigio. Lo schermo pare quello di un televisore in bianco e nero che non prende il segnale.

«Dove? Dove?» chiediamo tutti e tre.

«Questa è la testolina e qui c'è la placenta.»

La dottoressa ci mostra una macchia tondeggiante in movimento. Intuisco la forma della testa, enorme, più grande di tutto il resto, il busto minuscolo da cui spuntano gli arti filiformi. Il profilo di un alieno.

«È quello il bambino?» persino Johnny interviene, ora, emozionato da quell'incursione nel guscio protettivo in cui suo figlio galleggia, ignaro di essere spiato.

«E questo è il cuore.» Un battito accelerato irrompe nella stanza quando la dottoressa aziona un comando che permette di amplificare il suono, è lo scalpiccio di un quadrupede in corsa.

«Bene. Le dimensioni corrispondono all'età gestazionale della ventesima settimana e per quello che vedo io è tutto a posto. Volete sapere il sesso?»

Paula e Johnny si guardano un attimo negli occhi. È la prima volta da quando siamo lì. Tutte queste informazioni rendono più tangibile quella che prima era solo l'idea di un bambino.

«Sì» dice Paula.

«Direi che è una femmina. Ha i genitali ipertrofici, ma

è una cosa piuttosto comune. Ne avrete la conferma con la prossima ecografia.»

«Una femmina» ripete Paula quando ci incamminiamo verso casa. Nella voce non c'è né gioia né delusione. È un tono neutro. Una constatazione.

19

Luis questa volta parla ancora meno. Mi accompagna di nuovo a San Toñito con la jeep. Anche se non ha fatto certo i salti di gioia alla mia richiesta di andarci di nuovo dopo solo un paio di giorni. Il tragitto è più breve perché andiamo direttamente lì.

I sobbalzi sulla strada sterrata mi cullano e quasi mi appisolo durante il viaggio. Anche il ritmo delle canzoni alla radio ci racchiude in una bolla sospesa dal paesaggio che sfreccia ai lati. Un susseguirsi di polvere e vegetazione.

L'attraversamento a piedi del fitto del bosco, questa volta, sembra più agevole. Percorriamo un altro sentiero che, a quanto pare, ci porta direttamente alla piazza centrale della *comunidad*.

Quando arriviamo alla casa di Nancy troviamo solo sua madre. Il padre, ci dice, è andato a raccogliere la legna. Come la volta scorsa, ci fa accomodare sui ceppi che fanno da sedie davanti alla capanna e ci offre un bicchiere di *chicha*. La bevo senza farmi troppe domande su che tipo di *chicha* sia. Il sapore del mais fermentato è forte e mi pizzica la lingua.

«E Nancy» chiedo a sua madre «dov'è?»

Mi sorride, le mancano gli incisivi superiori e la sua bocca mezzo sdentata la fa apparire più anziana di quello che è. I capelli sono nerissimi, i pochi fili bianchi si contano sulle dita di una mano. Calcolo che deve essere molto più giovane di mia madre. Il suo sorriso non riesce a mascherare la rassegnazione nello sguardo, nelle pieghe d'espressione attorno agli occhi.

«Qui non c'è. Deve essere andata a San Ignacio.»

«È impossibile» dico «sarebbe a casa mia e non l'abbiamo vista. Vuole dire che è appena partita?»

Lei esita qualche istante, posando gli occhi ora su di me ora su Luis.

«No» dice infine «è da qualche giorno che è andata via.»

Io e Luis ci guardiamo interdetti, rimaniamo alcuni istanti senza parole. Poi inizio a tempestarla di domande: «Dove può essere andata? Cosa le ha detto prima di partire?».

La madre di Nancy sembra confusa, balbetta pensieri sconnessi.

«Non mi ha detto niente. Che andava a San Ignacio, mi pare. Sì, a San Ignacio, forse.»

«Ma stava bene?»

«Sì, stava bene. *Gracias a Dios.*»

Cerco di immaginarmi Nancy con il pancione. Non l'ho ancora vista incinta.

«Manca tanto alla nascita del bambino?» chiedo dunque.

«No» risponde lei «ci siamo quasi.»

Anche se mi sembra indelicato, visto che lei non ne ha accennato, le chiedo anche quello a cui sto pensando da quando ho saputo che è incinta.

«Non sarà andata dal suo fidanzato? Dal padre del bambino?»

La donna sgrana gli occhi, come se fosse una domanda strana.

«No, non credo. Non me l'ha detto, in ogni caso.»

Arresta un istante i movimenti, forse incerta se proseguire il discorso.

«Non conosciamo il padre» dice infine «non è di qui.»

La sensazione di accettazione che leggevo nel suo sguardo pare acuirsi. Una tristezza e una rassegnazione che mi fanno preoccupare più che se mi dicesse che è disperata.

«Forse è meglio tornare a San Ignacio» dice Luis.

«Già, andiamo» dico rivolta a lui. «La ringrazio, signora. Arrivederci.»

Ci alziamo, tutti un po' in imbarazzo.

«Arrivederci» ci saluta anche la madre di Nancy con un sorriso forzato. «Mia figlia non parla molto con noi» aggiunge infine «vorrei sapere anch'io dove sia andata.»

20

«*Mamá, Nancy no estaba.*»

Mia madre non risponde. È intenta a ricamare il bordo di una tovaglia. I lembi di stoffa le coprono le gambe e sfiorano il suolo.

«Di nuovo niente. Lei non c'era. Ma dove può essere andata col pancione?»

La mamma posa il lavoro sul tavolo e mi guarda: «*Quién sabe, mi hija.*»

«Neanche i suoi genitori sanno dove sia.»

La mamma non cambia espressione, ma sembra riflettere. In quel momento ho la certezza che ne sa più di me. Credo anche non sia un caso che non l'abbia trovata a San Toñito.

«Domani c'è la messa. Quando finisce vai a parlare con padre Jürgens. Lui saprà qualcosa.»

«Padre Jürgens?»

«Sì, padre *Chupateta.*»

L'epiteto più irrispettoso del prete ha ormai preso il sopravvento, constato. In un altro momento avrei riso della faccenda, ma adesso il fatto che mia madre lo abbia nominato mi suscita una certa inquietudine. Più che gli aneddoti sulla sua fama di donnaiolo è un altro il ricordo che mi affiora alla mente. I miei fratelli maggiori, che erano stati tutti suoi chierichetti, sostenevano che avesse tatuata sull'avambraccio una grossa svastica. Io sbirciavo sempre durante la messa dentro le maniche della tunica quando sollevava il calice, ma intravedevo solo un'ombra scura, una forma indefinita.

«Ma è ancora vivo?» domando alla mamma che intanto ha ripreso a cucire.

«Certo.»

«Quanti anni avrà?»

«E chi lo sa? Tanti, suppongo.»

«Ma perché lui dovrebbe sapere qualcosa su Nancy?»

«È lui che si occupa di dare lavoro ai *campesinos*, anzi, soprattutto alle *campesinas*. Ha sempre fatto da tramite per far assumere *empleadas, alzadoras, lavanderas* nelle famiglie del paese.»

La faccenda mi lascia perplessa. Sapevo che il prete gestiva diversi affari a San Ignacio e dintorni, ma non che si occupasse di *criadas*. Che lui però abbia ancora un interesse specifico, economico o meno, per Nancy mi procura una sensazione indefinita, un formicolio sulla pelle.

«Celebra ancora la messa?»

«No. Ma lo trovi al confessionale. Le confessioni gli sono sempre piaciute.»

21

Una feritoia all'altezza dell'inginocchiatoio e un'altra a livello degli occhi. Quest'ultima pare essere una crepa del legno. È obliqua, infatti. Due occhi di un azzurro velato, lattiginoso, emergono a turno, a guardare, a spiarmi. Sono gli occhi di un vecchio, le ciglia chiare, quasi bianche. Spuntano uno per volta, di sbieco, come fanno gli uccelli per vedere a centottanta gradi, in un'inquadratura panoramica.

Ci penso perché mi sento squadrata. Spogliata.

«Ho rubato, non ho rispettato mia madre, ho pronunciato il nome di Dio invano» ripeto, ripasso mentalmente i peccati che si possono dire, quelli che vanno bene sempre, che non fanno vergognare né fanno restare senza idee, senza parole, che è quello che più fa infuriare il prete.

«Cos'hai rubato, *hija*?»

«*Bizcochos.*»

«*¡Bizcochos!*» ride *el cura gringo* «*¡Qué burrera!* L'ho già sentita questa, me l'hai raccontata anche l'altra volta. Chi credi di prendere in giro?»

Balbetto qualcosa. Il prete non capisce. Mi ritrovo nella situazione che non volevo. Non so cosa dire, non mi viene in mente niente. Il silenzio è ciò che mi fa più paura. E i suoi occhi. E le mani. Che adesso spuntano dalla fessura in basso. Due mani dalla pelle bianchissima, grinzosa. Le unghie arcuate. Le zampe di un uccello.

Comincio a sudare. Stillo acqua da tutti i pori. So di essere bagnata, soprattutto sulle gambe, sulle cosce, vicino all'inginocchiatoio e a quelle mani, a quegli artigli. Il prete se ne accorgerà subito. È padre *Chupateta*, infatti. Un donnaiolo.

Le zampe si allungano sulle mie ginocchia. Le unghie mi graffiano. Ma non fanno male. Anzi. Eppure sono io, bambina, lo riconosco dalle ginocchia rotonde, infantili.

Intanto l'acqua scorre dalle mie gambe. Guardo la pozza che si è creata a terra. Un liquido scuro e denso. Vischioso. Lo tocco con una mano. Non è sangue, come pensavo. È solo acqua. Ma un'acqua calda, stagnante, impregnata di sabbia morbida. Come quella del fondo di un lago. Si sente al tocco anche la vegetazione che la abita, le minuscole foglie nastriformi delle piante lacustri.

Guardo di nuovo verso il sacerdote. Le sue mani sporgono dalla fessura. Ora vedo bene l'avambraccio con la svastica tatuata. Enorme, netta. Nera come una tarantola sulla pelle bianca.

«Padre!» lo imploro. Non so neanch'io di cosa. So, come si sa nei sogni, che è lui che mi provoca quel turbamento. Cerco il suo occhio nella crepa. Le due fessure non ci sono più. Al loro posto c'è una grata. Dalle maglie, fitte come la parete di una gabbia, vedo un rapace dal piumaggio nero. Le zampe nude, bianche e grinzose, così come il collo e la testa. Ecco di chi erano quegli artigli. E quell'occhio di un azzurro malato che mi guardava. Che mi guarda. Ancora.

22

La chiesa di San Ignacio non ha più la struttura originaria in legno. È stata distrutta da una storia più travagliata rispetto alle chiese delle missioni minori. Due incendi e il conseguente rischio di crollo hanno fatto sì che venisse in parte ricostruita. I muri esterni sono stati sostituiti da ordinarie pareti in cemento che la fanno sembrare una qualunque parrocchia di periferia.

L'altare, invece, è stato riassemblato in maniera meticolosa su modello dell'originale, ed è un groviglio di curve barocche di legno rivestito in foglia d'oro. Un gioiello nascosto. Anche il confessionale è in legno decorato.

Mi avvicino e sento il fruscio di una tonaca, poi sorprendo il lampo di uno sguardo dalla grata.

«Padre Jürgens?»

«*Siéntate, hija.*»

«È lei, padre Jürgens?»

«Parla, *hija*, ti ascolto. Quali sono i tuoi peccati?»

Non sono sicura che sia lui. La grata è fitta e intravedo solo un'ombra. La voce che bisbiglia non mi dà nessun appiglio.

«Vorrei parlare con padre Jürgens. Devo chiedergli una cosa» la voce che esce non è neanche un sibilo. È un soffio che non arriva all'ombra del mio interlocutore.

«*¡Hija!* Parla un po' più forte. Non sento niente. I peccati, forza» il bisbiglio del prete prende corpo e vi riconosco il tono imperativo del padre *Gringo*.

Sto al gioco. Non sono sicura che sia una decisione cosciente.

«Ho peccato, padre. Ho dimenticato un'amica. L'ho ignorata allontanandomi da lei. Non l'ho più cercata. E ora è scomparsa.»

«Perché hai abbandonato la tua amica, *hija*?»

«Perché lei non è come me. È povera, è una *campesina*.»

«L'amicizia non deve guardare il denaro, né lo status. Va' a cercarla e chiedile perdono.»

«È questo il problema, padre. Non so dove sia andata. Lei è di San Toñito e lì non c'è.»

«Era la tua *criada*?»

«Sì, padre, si chiama Nancy.»

«Di San Toñito, eh?»

«Sì.»

Il prete non dice nulla. Pare sospenda anche il respiro per un attimo.

«Ed è incinta, padre. Sono preoccupata per lei.»

Padre Jürgens non parla, né si muove.

«Lei sa dove potrebbe essere?»

«Io? E perché dovrei? Una *empleada* di San Toñito! Vai a chiederlo al *cacique*, no?»

«Il *cacique*, giusto, padre. Grazie.»

«Lascia stare, *hija*. E ora dimmi i tuoi peccati ché sto perdendo la pazienza.»

«I miei peccati? Non saprei, ira, forse. Sì, ira, mi sono arrabbiata per niente.»

«*¿Qué burreras son estas?*» padre *Chupateta* quasi alza la voce. «I peccati, i peccati, voglio sentire. Mi prendi in giro, *hija*?»

Un'ombra si approssima al confessionale. Un'altra anima che deve espiare.

«*Dos Padrenuestros y tres Avemarías*. Ego te absolvo a peccatis tuis. E ora levati dai piedi, *hija*, che ho da fare. *¡Afuera!*»

Il *cacique*, già, l'altra faccia della medaglia, l'autorità indigena che fa da spalla a Madre Chiesa. Grazie, padre, come ho fatto a non pensarci prima?

Le gambe mi tremano ancora quando esco sul sagrato e rimugino la delusione con la vergogna.

23

Eccola nel corridoio. Accanto alla macchinetta delle merendine. Chiacchiera con le sue compagne. Gesticola e ride. Non mi ha vista. Sono in anticipo per l'ora di ricevimento. Spero che non mi veda ma mi fa piacere guardarla. Una ragazza come le altre, un bocciolo di rosa che deve ancora schiudersi ma già compiuto nella sua bellezza. Indossa una maglia larga per nascondere la pancia. Se non lo sai, sembra solo un po' grassottella.

Ho scelto di parlare con la prof. di matematica. Non so perché ho scelto lei. Perché è donna, certo, per il suo viso che ricordo materno, accogliente.

«Buongiorno» mi sorride. «La mamma di...?»

Mi parla mentre mi avvicino a lei. Mi siedo su una seggiola da alunno, di fronte a lei. Tra noi c'è un banco su cui lei ha poggiato le sue cose, il tablet, fogli, libri. Io non so dove mettere le mani e le appoggio in grembo.

«Arena, Paula, Quinta B.»

«Ah, sì. Arena, certo. Un momento che apro la pagina della sua classe. Va bene, non c'è male. Vuole sapere i suoi voti?»

«No, li ho visti, grazie. Veramente sono qui perché volevo farvi sapere che Paula ha un problema.»

La prof. mi guarda in faccia, sbatte appena le palpebre. Non è sorpresa, né curiosa. Chissà quante volte si è sentita dire questa frase da un genitore.

«Mi dica.»

«Ecco, in realtà, è una faccenda complicata, ma vorrei che rimanesse tra noi, vorrei che Paula non sapesse che ve l'ho detto, perché non vuole, per ora almeno.»

Nemmeno questo la turba eccessivamente, anche se un minimo di curiosità si intravede nel suo volto.

«Vede, è successo che Paula è incinta. Sta continuando a venire a scuola, ma prima o poi dovrà fermarsi.»

Finalmente qualcosa si smuove nell'espressione della prof. Ne avrà già avute di alunne incinte, ma non è certo una notizia che ha sentito spesso.

L'incertezza dura poco, qualche frazione di secondo, poi chiede: «Quando deve nascere il bambino?».

Deve essere una donna pratica, che se c'è un problema lo affronta.

«A fine maggio.»

«Capisco. Ma se supera il limite di assenze consentite, deve portare un certificato medico. Altrimenti perderà l'anno.»

«Per ora non vuole. Vorrebbe continuare a venire a scuola finché può e poi presentarsi all'esame.»

«Ma se verrà fino alla fine, se ne accorgeranno tutti che è incinta. Tanto vale portare un certificato.»

«Ha ragione. Credo che prima o poi lo farà. Ma io non voglio forzarla.»

La prof. si guarda le punte delle dita, accarezza le unghie corte e curate.

«Ma perché non vuole dirlo?»

«Ancora non lo sa nessuno. Solo io e il suo fidanzato.»

«E suo padre?»

Ecco, di nuovo il padre, che per ora abbiamo escluso entrambe.

«No. Non lo sa ancora. Vede, io sono separata e Paula lo vede poco.»

Adesso sì che mi guarda stupita.

«Dovrebbe saperlo, non crede? Parli a sua figlia. Se vuole avere un bambino lo deve accettare. Dirlo, forse, è il primo passo che deve fare.»

«Sì, sì, certo, è vero. Ha bisogno di un po' di tempo, forse.»

«Un po' di tempo, va bene» mi sorride, adesso.

Un po' di tempo. Quello di cui ho bisogno anch'io, per sbrogliare la matassa, per ricostruire tutti i pezzi, tutti i frammenti di questa storia.

24

Al terzo tentativo, ci riesco. Non pensavo che parlare al *cacique* fosse così difficile, né immaginavo che avesse così tante cose da fare.

«Sto preparando i gruppi per le *comparsas*» mi dice, quasi a scusarsi, quando finalmente la sua segretaria mi fa entrare nel suo ufficio.

«Le *comparsas*? Di già? Ma siamo ad agosto» replico io.

«Eh, certo, mia cara. A lei sembra che il carnevale sia lontano, vero? Ma lei vede solo il risultato finale. Non immagina il lavoro che c'è dietro. Mesi e mesi di preparazione» mi dice mentre con un cenno mi invita ad accomodarmi.

Ha una scrivania affollata all'inverosimile di libri, fogli, appunti.

«Cosa credete? Che un *cacique* stia tutto il giorno con le mani in mano? Cara la mia signora, sapesse quante cose ho da fare, problemi da risolvere, richieste da sbrigare.»

Sembra piccato da qualcosa che non riesco a decifrare. O forse esprime solo il suo disappunto verso tutta la mia categoria. Anche lui in fondo divide il mondo in due: chi è indigeno e chi no.

«No, no, certo, si figuri. Mi scusi, è che ho un problema piuttosto urgente.»

«Mi dica.»

«Si tratta di una persona di San Toñito. Nancy Ribero Flores.»

«Che succede?»

«La sto cercando, sia a San Toñito che a San Ignacio, ma non la trovo».

Il *cacique* mi guarda con aria interrogativa, come a dire, ebbene?

«È incinta, deve partorire tra poco. Non capisco dove possa essere andata.»

«Ma, è sposata?»

«No, non è sposata. Non so nemmeno chi sia il padre del bambino.»

«Signora, io non posso sapere dove sono tutti i *campesinos* che stanno sotto la mia giurisdizione. Si tratta di una dozzina di *comunidades*, centinaia di persone.»

«Certo, capisco.»

Né la sua famiglia né la mia mi aiutano. Né la Chiesa né il *cacique*. Comincio a sentirmi disperata. Non è possibile che a nessuno importi dove sia finita Nancy con il suo pancione.

Sospiro e abbasso lo sguardo sulla pila di fogli che ho più vicino.

«Mi dispiace di non poterla aiutare.»

Guardo i fogli dattiloscritti, sono scritti in una lingua a me incomprensibile.

«Che cos'è?» domando al *cacique*. «Cosa sta scrivendo?»

La sua bocca si allarga in un gran sorriso. Sembra proprio soddisfatto che io glielo abbia chiesto.

«Questo? Ah, è il mio ultimo progetto, un po' ambizioso, per la verità. Sto traducendo la Bibbia in *chiquitano*. Sono partito dal Nuovo Testamento.»

«In *chiquitano*?»

«Sì, guardi» mi porge un libretto. «Ho anche tradotto una serie di preghiere. *Padre nostro*, *Ave Maria*...»

Sfoglio le pagine. Qualche parola latina affiora qua e là. *Ispiritu santo. Amén.* Mi chiedo il perché, se siano termini intraducibili in una lingua così distante, concetti inesistenti nel pantheon delle divinità indigene o parole che volutamente i gesuiti a suo tempo non hanno voluto tradurre.

«Caspita! Che lavoro!» esclamo. Lo penso davvero, ma lo dico anche per farlo contento. Perché un po' mi sfugge la ragione per questa traduzione, tutti i *campesinos* ormai parlano perfettamente lo spagnolo.

«Mi dispiace per la persona che cerca. È la sua *empleada*?»

«No, di mia madre. Io non vivo più qui.»

«E dove vive adesso?»

«In Italia.»

«In Italia? Davvero?» adesso si alza per cercare qualcosa nello scaffale dietro di sé.

«Devo farle vedere questo, allora. Anni fa ho conosciuto una giornalista italiana e lei ha pubblicato una mia poesia su una rivista che si chiama "Il ponte".»

Mi porge un foglio fotocopiato. Leggo le prime tre quartine:

Yo canto a la raza de valientes hombres
de guerreros nomadas que ayer demonstraron

su tenaz instinto de vencer un dia
el vago fantasma de la adversidad.

Yo canto a la Paica, mujer chiquitana
la de cien arrugas en palida faz,
la de mirada serena, velada
tal vez por las brumas de la adversidad.

Yo canto a la selva, feraz, lujuriante,
la de aquestos bosques con mil exponentes
de finas maderas... y canto a sus pampas,
donde es mas intensa la diafanidad.

Interrompo un momento per guardare il *cacique*. Forse i suoi versi sono riusciti ad avvicinarmi di più a lui, a farmi sentire che siamo fatti della stessa pasta, nati e cresciuti in questa terra difficile ma generosa.

Leggo anche le ultime due strofe:

Yo escucho en las noches rumor de arroyuelos
y oigo en las mananas alegre trinar,
de mil avecillas, de mil y un plumaje
de este Eden grandioso de suelo oriental.

Yo canto a la vida, renacida ya
en estas regiones ayer olvidadas,
porque la valiente raza chiquitana
venciò para siempre a la adversidad[1]

[1] *Canto alla Chiquitanía*. Io canto la razza di uomini coraggiosi,/ di guerrieri nomadi che un tempo dimostrarono/ il loro tenace istinto di vincere un giorno/ il vago fantasma dell'avversità./ Io canto la Paica, donna *chiquitana*/ dalle cento rughe sulla pallida faccia,/ dallo sguar-

Ci guardiamo di nuovo, senza sorridere ma nemmeno con ostilità.

«La tenga, la prego.»

«Certo, la ringrazio. Ora devo andare, grazie ancora per tutto.» Mi stringe la mano e mi accompagna alla porta.

«Arrivederci, signora» mi dice, con le sue buone maniere da gentiluomo di altri tempi. Poi aggiunge: «Provi a cercarla a Concepción».

«A Concepción? Ma dove esattamente?»

«C'è una comunità di famiglie di origine tedesca. Chieda ai *gringos*.»

«Ai *gringos*? Ai tedeschi? Ma a chi?»

Troppe domande. Mi sorride e apre la porta per congedarmi. Definitivamente questa volta.

«Arrivederci, signora.»

Ha buttato l'esca e ha nascosto la mano. Devo solo abboccare.

---

do sereno, velato/ forse dalle brume dell'avversità/ Io canto la selva, ferace, lussureggiante/ di boschi dalle mille tonalità/ di legno fine... e canto la pampa,/ dove è più intensa la diafanità./ Io ascolto di notte il rumore dei ruscelli/ e sento il mattino l'allegro canto/ di mille uccellini, di mille e ancora un piumaggio/ di questo paradiso di terra orientale/ Io canto la vita, rinata ormai/ in queste regioni un tempo dimenticate,/ perché la coraggiosa razza *chiquitana*/ ha vinto per sempre l'avversità.

25

Un rumore scandisce un istante di solitudine, echeggia nel silenzio della casa. È un colpo sordo, di un oggetto che cade, ma il cui suono si smorza in un gorgoglio d'acqua. Mi sembra di sentire la sua eco sfumare in bolle che si susseguono in sequenza, sempre più piccole.

Apro gli occhi a fatica e cerco con lo sguardo il display della radiosveglia. Le 10.43. Mi alzo di scatto, in automatico. L'abitudine è più veloce del pensiero. Devo svegliare Paula, arriverà tardissimo a scuola. Il mio corpo è impacciato nei movimenti, legato dai vestiti troppo stretti. Il bottone dei jeans che stringe, il reggiseno che tira. Sono vestita. Non stavo dormendo da ieri sera, altrimenti sarei in pigiama. Certo, ora ricordo, mi sono già svegliata stamattina, in tempo per fare colazione con Paula e vederla uscire. Dopo devo essermi stesa un momento e mi sono addormentata.

Un altro colpo rintocca nel silenzio. Proviene dal bagno. Ora lo distinguo chiaramente. È un suono liquido. Un oggetto o un corpo che cade in acqua. Mi assale l'angoscia perché so che nel bagno non c'è nessuno. Il mio cervello connette pensieri disparati, logici – la lavatrice, i vicini, un tubo rotto. Tutto è possibile e razionale in un condominio, tutto ha una spiegazione. Causa ed effetto. Non sono nel buio di un bosco dove è difficile capire l'origine dei suoni. Il mio corpo, intanto, è già davanti alla porta del bagno, la mano che preme sulla maniglia. Scricchiola, ha sempre scricchiolato, nessuno si è mai preoccupato di aggiustarla. La mia è una casa di sole donne, io e mia figlia, e riparare una maniglia è un lavoro da uomo, ho sempre pensato. Un lavoro da fare, prima o poi, che rimane in perenne attesa.

Vedo la vasca. È coperta dalla tenda per la doccia. La scosto ma mi accorgo che quello che sposto è solo uno strato. Il tessuto è bagnato e aderente a un'altra tenda più sottile. Fatico a separarle perché la plastica bagnata si attacca bene.

C'è un altro strato, sotto. Separo anche quello, sempre a fatica. Intanto mi bagno. Le tende gocciolano copiosamente. Aderiscono alla mia pelle. Un altro strato. Ancora uno. Sottili come veli. Li sfoglio con ansia. Alcuni aderiscono al mio corpo. Finché arrivo in fondo. E scopro un'altra pelle che affiora. La crisalide dentro al suo bozzolo. È un corpo immerso nella vasca. Paula che fa il bagno. Emergono le ginocchia, il ventre arrotondato, il viso. Gli occhi chiusi, i capelli neri a galla, come foglie.

«Paula!» grido. Il battito del cuore impazzito perché temo il peggio. Lei apre gli occhi e mi parla: «Tieni, mamma» mi dice «tieni».

Le sue mani mi porgono una sfera trasparente e luminosa, una grossa biglia di quelle della mia infanzia. Al centro c'è una foglia verde che la attraversa sinuosa, galleggiando al suo interno.

«Che cos'è?»

«La mia bambina.»

«La tua bambina? Ma è già nata?»

«Sì, eccola, tienila tu per me.»

26

Stento ad aprire gli occhi. Li sento sigillati. Ho il corpo pesante e la mente pure. Soprattutto la mente. Una coltre spessa la copre e la schiaccia. Un'ovatta dalla massa molto elevata, come piombo, ma morbida. È il sonno. Non il sonno notturno, naturale. Ma quello diurno che non riposa e intontisce. Guardo il display della radiosveglia. Segna le 10.43. Le singole cifre formate da piccoli segmenti illuminati sono bastoncini infuocati che ardono nella penombra della stanza.

Mi alzo e cammino per la casa. Verso la cucina. Voglio farmi un caffè. Prima passo dal bagno, però. La porta è aperta, non c'è niente di strano rispetto al solito. Di fronte c'è la camera di Paula. Ci entro. Guardo il suo letto sfatto, le lenzuola sgualcite che disegnano ancora la sua sagoma, la scrivania con le sue cose sopra, libri di scuola, quaderni, al muro le sue foto appese. Istantanee di quando era piccola, con me, con il mio ex marito, quello che lei chiama padre. C'è anche una foto, più unica che rara, con i miei genitori, scattata durante l'unico viaggio che ho fatto con lei in Bolivia. In quella foto Paula aveva un anno e mezzo ed è seduta in mezzo ai nonni sul divanetto del salotto. Ha un fiocco in testa ed è vestita a festa, l'occasione era il battesimo di una delle mie nipoti. Mia sorella mi aveva chiesto di farle da madrina e dovevamo essere eleganti, ma non avevo portato nulla di adatto dall'Italia. Io e mia madre allora abbiamo comprato le stoffe al mercato del paese e mia cognata ha confezionato i vestiti. Esiste anche un'altra foto di quel giorno, conservata da qualche parte, che ritrae me e Paula insieme. I vestiti e i capelli acconciati là, per mano dei miei parenti, ci trasfigurano, restituiscono un'immagine di noi straniante. Siamo come appariremmo se io fossi rimasta in Bolivia e lì avessi cresciuto Paula, se non avessi voluto restare in Italia dopo essermi separata, per farla studiare, per darle un futuro migliore. Quando guardo quella foto non posso non pensare che sia un caso se adesso sono qui. Guardo quell'altra me che pur esiste in un'altra dimensione, quella del ricordo e della possibilità, e penso quanto poco basti a spostare un destino. Se non avessi conosciuto Giovanni, se non l'avessi seguito così lontano...

Passo in rassegna la scrivania. Non sto cercando niente in particolare. Trovo un foglio stampato. In alto c'è scritto «Il giglio d'acqua. Di Paula Arena». Deve essere una ricerca che sta facendo per la scuola. Forse la sua tesina per l'esame di maturità. Non la leggo, non mi interessa e non voglio curiosare tra le sue cose. Se trovassi il suo diario non lo leggerei. Non è in Paula la chiave per ritrovare Nancy, per decifrare la sua fine. Lei non sa niente. Non sa nemmeno che non è figlia mia. Quando era piccola io e Giovanni abbiamo sempre rimandato il momento di dirle che i suoi genitori biologici non siamo noi. Anche perché non sapevamo cosa dirle, dove erano finiti, né perché. Poi il tempo è passato e passa ancora, impietoso, e quello che prima sembrava doloroso diventa intollerabile. E inspiegabile è pure che la madre che l'ha cresciuta non ricordi, perché non riesce a distinguere il sogno dalla realtà, perché per lei il ricordo vissuto e quello sognato camminano insieme sullo stesso crinale. Perché per lei i ricordi hanno la stessa consistenza dei sogni, sono fatti della stessa materia ibrida, solida e liquida al contempo, come gocce di mercurio, materia lunare che vive e pulsa sulla Terra. Reali e irreali insieme, sono dicotomie palpabili che esistono, che smuovono il sangue, scuotono le membra, strizzano le viscere e tutte queste sensazioni sono vere, il corpo le sente ma la mente non sa dove collocarle.

Della loro esistenza non ha dubbi, può giurarci, ma non sa in quale increspatura del tempo sono accaduti.

27

È notte quando il pullman arriva a Concepción. Mi sveglio e scendo al volo. Dormivo profondamente questa volta, stordita dal movimento delle ruote sulla strada sterrata. Non come all'andata dalla città a San Ignacio, quando sono arrivata dall'Italia con l'aereo, in cui quasi non ho chiuso occhio.

Alla stazione dei pullman, che è una semplice *esquina* tra la piazza principale e una delle vie che da lì si diramano in perpendicolare a formare i bracci di una croce, ci sono mia cugina Raquel e suo marito ad aspettarmi. Mi accompagnano a casa loro a piedi, perché sono davvero quattro passi. Una volta a letto, nella loro stanza degli ospiti, mi riaddormento di colpo, tanto che l'arrivo in pullman e la passeggiata a piedi mi sembrano l'interludio di un sogno.

Quando mi sveglio, al mattino, la casa è disabitata. Raquel e il marito sono al lavoro, i loro figli all'asilo e a scuola. Le uniche presenze umane in casa sono le due *empleadas*. Due ombre silenziose, operose ma impercettibili. Una, molto giovane, che forse è anche la *niñera*, è nel *patio* a stendere un'infinità di panni. L'altra, più anziana ma di età indefinibile, che sarà la vera e propria *empleada*, sta spazzando il pavimento. È una *colla* agghindata alla maniera tradizionale dell'altipiano. Indossa la tipica *pollera* plissettata a più strati che la fa apparire sovrappeso e ha i capelli acconciati in due lunghe trecce legate in fondo tra loro da una cordicella nera.

Rispondono al mio saluto perché da me interpellate, come se solo questo consentisse loro di prendere parola.

«Posso avere un caffè?» chiedo alla *empleada* più anziana.

«*Claro*. Lo preparo subito.»

«Non si disturbi. Se mi dice dov'è, lo faccio io» rispondo, pensando di scambiare due parole con lei e magari fare qualche domanda.

Lei mi sorride: «*Como desea. Aquí está*».

Alla fine il caffè lo prepariamo insieme, tanto non so dov'è l'occorrente e mi serve il suo aiuto.

«È da tanto che lavora qui?» le domando ancora, per stimolare la nascita di una conversazione.

«Da due anni.»

«Ma non è di qui, vero?»

«No, sono di Cochabamba.»

«Che bella, Cochabamba.»

«Bella, sì, *lindo clima*.»

Lindo clima, già. Una frase fatta, dalle nostre parti, quando si parla di Cochabamba, città a metà strada tra Santa Cruz e La Paz, tra il clima umido e soffocante del Tropico e il freddo arido e desolato di uno degli altipiani più alti del mondo.

La conversazione sfuma. La *empleada* risponde alle

domande ed è gentile, ma non si sbilancia troppo. Preferisce rimanere nella sua dimensione defilata. Chissà se anche Nancy, tra i giochi e le chiacchierate con me e i miei fratelli, che a me riempivano le giornate, si sentiva anche lei un'ospite coatta della mia casa, che forse non avrà mai sentito come sua. La sua capanna di San Toñito, per quanto povera e vuota, non potrà essere stata sostituita dalla dimora di un'altra famiglia. Io questo ormai lo so bene, da quando chiamo casa mia un appartamento che si trova in una terra lontana, a migliaia di chilometri di terre e acque da qui.

Mentre bevo il caffè la *empleada colla* si dilegua. L'altra, quella più giovane, l'ho già persa di vista prima, quando sono entrata in cucina. Speravo di riuscire a ottenere qualche informazione da loro, sulla comunità di tedeschi, in modo da non dover chiedere direttamente a mia cugina. Anche perché l'indicazione che mi ha dato il *cacique* è molto vaga. I tedeschi di Concepción. Ma chi? Al mio paese sarebbe più facile, ci conosciamo tutti e i discendenti dei tedeschi ruotano quasi tutti intorno alla chiesa e a padre Jürgens, ma qui brancolo nel buio.

Con questa consapevolezza da spettro che insegue le tracce che ha solcato in vita, e le ripercorre perché è lì che si sente ancora vivo, ma è privo di appigli al reale, esco in strada e mi lascio portare da me stessa, per le strade del *pueblo* già sveglio ma ancora ovattato dal silenzio della notte, da qualche parte. Sulle orme di Nancy.

28

Tutte le strade portano alla piazza centrale. E alla chiesa.

Le *misiones* sono tutte fatte allo stesso modo: una piazza quadrata da cui si dipartono quattro strade, che a loro volta si diramano in altre strade perpendicolari, e così via. In Sud America le vie degli abitati in genere non sono curve, né tanto meno labirintiche. Sono sempre reticolati ordinati, *cuadra* su *cuadra*. Caselle di una scacchiera che molto contrastano con la debordante vegetazione circostante. Tant'è vero che in Europa mi perdo sempre, persino a Sarzana, dove abito, non appena esco dai miei percorsi abituali, dal mio tracciato quotidiano. In Europa strade e piazze appaiono caotiche, sembrano disegnate dalla mente capricciosa di un bambino.

Eccomi dunque al centro dell'abitato. Guardo la facciata della chiesa barocca. È bella come quelle di tutte le altre *misiones*. Scelgo una strada a caso che parte da qui e la percorro tutta. Arrivo fino alla croce. Infatti quando ognuna delle quattro strade principali finisce e sfocia nella natura opulenta o ai bordi della *represa* –

che ognuno dei paesi possiede come vitale riserva d'acqua – il confine viene segnato da una massiccia croce di legno che spicca nel bel mezzo della via. Quattro croci disegnano dunque il *pueblo* stesso a immagine e somiglianza di una croce più grande. Venivano piantate nel terreno dai padri gesuiti, si dice per scacciare il diavolo, sicuramente per marcare il territorio evangelizzato. All'interno, il regno di Dio. Fuori, l'ignoto.

Mi ritrovo a percorrere i quattro canti di Concepción, dal *bosque* alla *represa*. Cammino e osservo la cittadina e i suoi abitanti impigriti nonostante l'aria fresca del mattino. Mi sento ridicola, cosa penso di fare? Di inseguire il primo biondo che incontro? Tra l'altro non ne vedo neanche uno. Sono tutti scuri come me. *Campesinos* o *mestizos*, qualche *collas*, questi ultimi sì in minoranza.

Torno verso il centro e la sua chiesa.

Mi viene in mente che potrei andare al *ayuntamiento*, il palazzo del comune, dove magari posso vedere un campionario rappresentativo della gente del luogo. La sede la trovo facilmente, proprio dietro la piazza principale. La *sala de espera* è quasi vuota. Contrasta con il ricordo che ho delle lunghe code al comune di Santa Cruz per fare il passaporto e lasciare il paese. Qui al massimo si può richiedere un certificato. Ci sono un paio di donne con figli piccoli in attesa. Ai loro piedi ceste di frutta o altra *comida*. Certo, una *ofrenda* mi pare il minimo da portare per sbrigare una pratica. Sorrido al pensiero di una mia lontana parente incontrata durante la coda per il passaporto con un lungo salame sotto braccio e, parecchie ore dopo, una *funcionaria* con lo stesso salame, imbracciato sotto l'ascella come un fucile, che se ne andava a casa tutta contenta. Mi siedo anch'io e attendo. Non sono granché convinta, ma almeno riposo le gambe.

A un tratto un vero colpo di fortuna: una *menonita* con due figlioletti al seguito compare dalla porta. Lei ha il capo coperto da una cuffia, ma i suoi occhi azzurri illuminano la stanza. Inoltre i suoi figli sono biondissimi. Ma è solo un lampo. So bene che i *menonitas* vivono in comunità chiuse, che non gradiscono i contatti con il resto della popolazione né tantomeno i curiosi. Forse solo in luoghi come questo è possibile vivere ai margini della società, senza elettricità né automobili, in relativa armonia con gli altri. Escludo immediatamente la pista. Cosa può avere a che fare Nancy, una *campesina* incinta, con una comunità di cristiani anabattisti di ascendenza olandese gelosa delle proprie tradizioni? Comincio a percepire l'assurdità del mio viaggio a Concepción e delle mie pseudo-indagini. Quasi rido ad alta voce di me stessa, detective improvvisata e fallita sul nascere.

Torno sui miei passi. Ripercorro come un automa una delle quattro vie principali fino alla *represa*. Ai bordi dell'acqua mi fermo e mi siedo. La sabbia mi imbratta il sedere e le scarpe. Si avvicina l'ora di pranzo, una famigliola ha pensato di venire qui a mangiare. Stendono la tovaglia per terra. La mamma prepara le vettovaglie e le pietanze, *arroz con queso*, ancora fumante nella pentola, *cuñapeses, salteñas*. Tutto in abbondanza. I figli giocano sulla riva. Si rincorrono. Non toccano l'acqua, fa ancora troppo freddo, e questa appare immacolata, priva degli impulsi che possono imprimerle dei bambini che giocano. Solo flutti quasi impercettibili increspano la superficie del lago. Un *oleaje que ondea*, tuttavia, indeciso, in un eterno *vaivén*. È diverso dalla maestosità del turbinio del mare, un caotico accumulo di frequenze che convoglia nell'andirivieni del moto ondoso. Il movimento del lago è una pulsazione elettrica elementare, avanti e indietro, sistole e diastole. Un cuore di acque, piante e sabbia che batte silenzioso al centro della *represa* e irradia energia, come farebbe in qualunque organismo vivente.

29

«Che ore sono, mamma?»

«Le undici meno un quarto, Paula.»

«A che ora abbiamo la visita?»

«Alle undici e mezza.»

«È ancora presto, che facciamo?»

«Aspettiamo, tanto la giornata di scuola ormai l'hai persa. Vuoi scendere in spiaggia a far due passi?»

C'è una scaletta di ferro per accedere al mare dalla strada. Siamo ai piedi del promontorio su cui svetta alto e fiero l'ospedale. Per scendere mi tengo alla balaustra, la vernice sul metallo è screpolata dall'aria salmastra e ruvida al tatto come la chiglia di un'imbarcazione. Io e Paula ci sediamo sulla sabbia, a pochi passi dalla battigia.

«Senti, mamma...»

«Dimmi.»

«Ho pensato che da domani è meglio se non vado più a scuola.»

«Da domani? Perché?»

«La pancia ormai è troppo grossa.»

Il viso di mia figlia è screziato da una preoccupazione che le altera i contorni degli occhi. Eppure il suo volto e il suo corpo intero emanano sempre più la pacata armonia che caratterizza le donne al terzo trimestre di gravidanza.

«Non l'hai ancora detto a nessuno?»

«Sì, le mie compagne lo sanno. Ma mi vergogno lo stesso. Devo sempre tenere il cappotto nei corridoi e ormai fa troppo caldo. I prof, poi, secondo me se ne sono accorti ma non mi dicono niente.»

«Forse aspettano che sia tu a dirlo.»

«Di voti ne ho abbastanza e non ho fatto troppe assenze.»

Cerco con lo sguardo la linea di fuga dell'orizzonte. Mi ha sempre ipnotizzata questa illusoria porzione di infinito che la finitezza dell'angolo di universo a cui siamo relegati ci concede. Ricordo il rapimento che provai la prima volta che la vidi, in Bolivia non c'è il mare ed ero già adulta. Un misto tra stupore e spavento. Chi è nato vicino al mare e ci è abituato non può comprendere cosa si prova a trovarsi per la prima volta di fronte a una distesa d'acqua che il proprio sguardo non sa contenere.

«Chiediamo di farti un certificato medico in cui si dichiara che sei incinta e lo portiamo a scuola, così sei giustificata. È la cosa più semplice da fare.»

«Forse hai ragione.»

«Se vuoi, lo posso portare io.»

Anche Paula si gira verso il mare. A lei sarà più familiare quel segmento di retta all'orizzonte, sintesi ottica della geometria euclidea in terra.

«Grazie, mamma.»

Quando Paula era piccola, avrà avuto quattro o cinque anni, ed era nel pieno dei dubbi esistenziali tipici di quell'età, le domandai se secondo lei il mondo era finito o infinito. Le spiegai, non solo il nostro mondo, quello dove ci muoviamo ogni giorno, ma anche quello che non vediamo, oltre le stelle, il sole e il cielo. Mi rispose, con la semplicità che siamo destinati a perdere con la crescita, che secondo lei non era né finito né infinito. Ho sempre pensato che avesse ragione, che finito e infinito siano concetti troppo umani, opposti che crea la nostra mente per ingannarci. Vita e morte, passato e futuro, finito e infinito. Come zenit e nadir: punti opposti nella volta celeste, uno visibile e l'altro invisibile. Stanno agli antipodi, ma si invertono se si cambia emisfero, ovvero se muta il punto di vista. Dicotomie che ci intrappolano al di fuori di quella che, forse, è una terza via. Né finito né infinito, un presente trasognato, dove il sogno è preludio di morte, ricordo del futuro.

«Un'altra cosa, Paula, dovremmo fare.»

«Che cosa?»

«Dirlo a tuo padre.»

30

Un giorno polveroso di agosto. Il vento del *sur* soffia a sprazzi, inondando di aria antartica strade e corpi che le percorrono. La terra rossa si solleva in sbuffi fumosi, la gente si stringe nei cappottini o giacconi invernali dai colori e fogge improbabili, i baveri rialzati. Si vede che non li usiamo mai e li tiriamo fuori solo pochi giorni all'anno. Tanto, quando il *surcito* si calma, il calore torna subito, come un vapore che la terra stessa emana. Le zanzare ci sono lo stesso, tutto l'anno, si dice che mettano anche loro il cappotto. Non si può neanche chiamare inverno, questo, è *sur*, *sur* e basta.

Stringo tra le mani il bigliettino che mi ha scritto mia cugina Raquel, con il nome e l'indirizzo del luogo in cui secondo lei forse potrei trovare quello che cerco, quando mi compare davanti la facciata del *colegio* Santa María. Eccolo qui, appena fuori da Concepción. È stato edificato grazie al finanziamento di una famiglia tedesca, gli Schimdt, un *colegio*, scuola e internato, esclusivamente femminile, per bambine e ragazze povere, la quasi totalità *campesinas*. Un'opera pia che ha sempre accolto tutte, dalle neonate alle adolescenti, da zero a diciotto anni, per dare un riparo e un'istruzione.

Il Colegio è accessibile al pubblico perché le interne producono manufatti tipici della *artesanía* indigena per venderli ai pochi turisti che si spingono fino a qui. Un'adolescente mi accoglie alla porta e mi accompagna alla sala in cui vengono esposti gli oggetti in vendita. Si tratta per lo più di capi d'abbigliamento, amache e borse in tessuto. Le chiedo se è possibile visitare il *colegio*. La ragazza non fa una piega e mi accompagna per una visita. Evidentemente è abituata a questo tipo di richiesta e forse, al contrario di quanto pensavo, non c'è nulla da nascondere. Nessun mistero.

Mi scorta dapprima in una sala in cui troneggia un enorme telaio. Chiede anche a un paio di alunne di azionarlo per farmi vedere come si intreccia il tessuto. L'operazione ha un che di incantevole, la macchina si mette in moto in una maniera che unisce con incredibile armonia, con complessità e semplicità al contempo, movimento umano e tecnologia. Vedo trama e ordito che prendono forma. Lunghissime file ordinate verticali e orizzontali che si intrecciano, come i singoli frammenti di un sogno. Mi viene in mente il telaio di *tía* Marianela, al centro del suo *patio*. Lei tesse ancora a mano, passando il fuso con pazienza tra le maglie verticali. Questo telaio è una evoluzione, sintesi di abilità indigena e ingegno europeo. Il potenziale creativo di questo sincretismo tra culture tanto lontane è notevole, penso al *barroco* indio, figurativo e architettonico, alla musica barocca, sublime *mestizaje* di archi e melodie autoctone.

Senza che glielo chieda, la ragazza mi fa visitare tutto l'edificio. Il refettorio, le aule delle lezioni, l'asilo delle più piccole, la cappella, i vari cortili che dividono gli spazi. Ogni tanto incrociamo qualche allieva. Ci sfila davanti con calma e naturalezza. Indossano tutte una divisa, camicia bianca e gonna blu sotto al ginocchio. Sono serene. Si capisce che stanno bene.

Non mi mostra il dormitorio, di cui vedo solo la porta di accesso, ma mi sembra giusto, non ce ne sarebbe motivo. La stanza dove si dorme è un luogo intimo, non si esibisce alla curiosità degli estranei.

Le chiedo di passare di nuovo dalla sala di vendita. Compro un paio di borse a righe verdi, rosse e gialle, quelle tipiche della *artesanía chiquitana*, e qualche camicetta. Penso di portare un regalo a Raquel, che mi sta ospitando, e a mia madre e alle mie sorelle. La ragazza mi ringrazia.

Torno in strada dove mi aspetta il vento del *sur*. Si è inasprito, nel frattempo. La polvere mi sferza la faccia con violenza e sento il gelo polare che mi entra nelle ossa. Non ho mai provato un freddo simile in Italia, nemmeno sotto la neve.

31

Sono sdraiata sulla spiaggia e accanto a me c'è Giovanni. La sabbia è ancora calda, come quando è stata battuta a lungo dal sole d'estate. Ma è già quasi sera. Il cielo è illuminato dagli ultimi raggi rosati e il lido è deserto.

«Siamo soli» dice Giovanni.

Allunga la mano, senza guardarmi, e mi tocca il braccio. È un tocco amichevole, privo di sensualità. Il passaggio da contatto a carezza è quasi impercettibile. Ma è quello che sta accadendo, realizzo. Giovanni mi sta accarezzando il braccio. La sua pelle sfiora la mia, a lungo.

Il desiderio arriva improvviso, dal nulla, e stupisce innanzitutto me. Il risveglio di una pulsazione sopita, controllata da un lungo periodo di astinenza volontaria.

Da quando Giovanni se n'è andato – non un giorno preciso, ma poco a poco, un pezzetto alla volta – io non l'ho rimpiazzato. Ho messo a riposo quell'impulso che ora si risveglia da solo, prepotente, senza il mio permesso.

Guardarsi attorno, per assicurarci che non ci sia nessuno, e trovarsi avvinghiati è uno stesso attimo.

La pulsazione si sparge calda, dal ventre. È lei che comanda.

Finché una presenza da un lato riesce a distrarmi. Il focus si sposta su un uomo che compare discreto sulla destra. È un signore biondo e distinto, ben vestito, in giacca e cravatta, ma cammina a piedi nudi sulla sabbia. La sua figura è fuori luogo. Cosa ci fa uno vestito così in spiaggia? Mi accorgo che ci sta guardando, fissa il nostro amplesso. Cerco gli occhi di Giovanni per dirgli che dobbiamo smettere, che non siamo più soli.

Lo scuoto e lui apre gli occhi.

Due occhi azzurri, che non sono i suoi, mi guardano. Non è più Giovanni, infatti, sopra di me, ma quello stesso uomo che mi stava guardando e che ora abbraccio e stringo a me.

32

Il respiro si azzera per un attimo. È il caldo. Il calore che emana il mio corpo. Una febbre improvvisa che ha alzato la sua temperatura. La coperta, forse. La coperta che è troppo pesante ormai per la stagione. Non apro ancora gli occhi mentre mi tasto il busto sudato. Un sogno, è solo un sogno ad avermi surriscaldato. È svanito come fa il buio, quando la luce artificiale lo inonda al *clic* dell'interruttore. Mi ha sempre incuriosito questa facoltà che ha il sogno di scomparire quando la coscienza riaffiora in superficie. Così come la sua capacità di tornare a galla durante la giornata, seppure a frammenti minuscoli. Bolle d'aria, particelle di ossigeno che risalgono dagli abissi fatti di acqua del nostro passato. Aria che ritorna all'aria.

Nel sogno c'era mio marito con me. È curioso che, sebbene siamo separati da tanto tempo, io pensi a lui sempre come a mio marito. Anche per lui io sono sua moglie. Ha una nuova compagna, ma non la chiama moglie. In un certo senso non ha preso del tutto il mio posto. Il legame del primo matrimonio si allenta, ma non si dissolve mai. Prometto di amarti e rispettarti. In salute e in malattia, nella buona e nella cattiva sorte. È un giuramento, non sono solo parole al vento. Io non l'ho mai spezzato. Lui è ancora presente nella sua assenza. Si fa vedere poco, ma non ci fa mancare nulla.

La parte vuota del letto è rimasta vuota. C'è ancora Giovanni lì, con il suo corpo fatto della stessa materia dei sogni. Una sopravvivenza di pensiero, simile all'alone che lasciano i morti sulle persone che li hanno amati. E poi c'è Paula tra noi. Legame fatto carne. Anche se non è sangue del nostro sangue. È la figlia che dà corpo al nostro essere stati insieme. Paula è una somma di assenze. Quella dei suoi genitori, di Nancy e del suo padre ignoto, e di Giovanni, il suo padre acquisito. E la mia, di quella parte di me che evapora tra un ricordo e l'altro, tra un sogno e l'altro.

33

La tana del lupo. Eccola, finalmente.

Mi accorgo di averla trovata solo quando ci sono davanti. Come spesso succede, non era necessario allontanarmi tanto dalla mia famiglia.

Il viaggio a Concepción si è rivelato infruttuoso fino a quando sono rimasta sul vago. È stata mia cugina Raquel a farmelo capire, quando mi sono decisa a confessarle gli indizi che mi avevano dato padre *Chupateta* e il *cacique*. «*¿Alemanes? ¿En Concepción?*» mi ha detto, candida. «La sorella di mio marito è sposata con un *gringo*, proprio con un *alemán*, anche se lui è nato qui e non ha mai messo piede in Germania.»

Eccoci qui, quindi, io e Raquel, che per fortuna mi ha accompagnata, davanti a un villino alle porte del paese, al lato opposto del Colegio Santa María e oltre la *represa* di Concepción. La casa di questo mio lontano parente appare del tutto avulsa dal luogo in cui si trova, ha una struttura a più piani, che in Bolivia non usa quasi nessuno, con il tetto spiovente e una torretta laterale che la fa sembrare piuttosto una villa sul lago di Costanza.

La porta ci viene aperta da una *empleada* che ci accompagna nel *patio* interno, dove troviamo Soledad, la cognata di Raquel, intenta ad apparecchiare la tavola per un caffè. Ci presentiamo con due baci informali, com'è normale tra parenti.

«*Siéntense, por favor*» ci fa accomodare. Ci offre caffè e *cuñapeses,* come si farebbe in una qualsiasi famiglia boliviana.

È Raquel a rompere questo quadretto di normalità: «*¿Y dónde está Julio? ¿Se fue al campo?*» poi si rivolge a me, come a spiegare: «Julio e Sole hanno una *hacienda* e allevano mucche».

«Sì» replica Sole mentre sorseggia il caffè «Julio ha una passione per l'allevamento. Siamo arrivati a cinquanta mucche. Starebbe sempre *en el campo*. Quando non è lì se ne sta rinchiuso in casa a studiare le sue scartoffie. Ha una specie di doppia vita.»

Riappoggia la tazza sul piattino e medita un istante prima di dirci: «È là dentro, in salotto, adesso. Andiamo a salutarlo, così anche Ada lo conosce».

Seguiamo Soledad lungo il corridoio del *patio* ed entriamo in casa. Nell'ingresso interno ci fa togliere le scarpe e ci dà delle pantofole. «C'è la moquette, dentro» ci spiega. Due elementi estranei alle nostre abitudini, la moquette e il fatto di togliersi le scarpe, ma che si confanno all'arredamento teutonico della casa. Mobili in legno massiccio, tappezzeria alle pareti. Una dichiarazione di estraneità allo spazio esterno che quel luogo chiuso vuole sottolineare.

Non potevo certo immaginare che quella sensazione di straniamento era nulla a confronto di quello che provo quando Sole apre la porta del salotto e ci fa entrare.

Ho solo pochi istanti di autonomia, il tempo di vedere Julio, un uomo biondo e distinto, seduto in poltrona, che si alza e mi viene incontro. Pochi momenti di residua normalità, prima di vedere e comprendere ciò che quel salotto cela. In quell'attimo esatto sento il mio cuore sbiancare come i capelli imbiancano. *Corazón tan blanco*. Bianco come il sangue che mi scorre nelle vene. Le mie mani innocenti sono come le vostre, hanno il vostro stesso colore, e il mio cuore è così bianco per la vergogna e lo spavento.

Il tempo di vedere è un istante eterno perché il cervello è più lento del cuore a capire. Di fronte al divano e alle poltrone c'è un ritratto a olio che occupa quasi l'intera parete e raffigura in modo realistico un uomo giovane e bello in divisa da SS. Guarda in avanti, cioè verso di me, è biondo e curato e se non fosse un anacronismo direi che è un'immagine che ritrae l'uomo che si è mosso verso di me e mi sta porgendo la mano. La mano di Julio, il cognato di mia cugina, un mio lontano parente acquisito. Gliela stringo, impossibilitata a fare altrimenti. Il suo tocco, per lo meno, riesce a riportarmi al presente, lontano dal tempo in cui è stato dipinto quel quadro e dall'abisso ben più profondo della manciata di decenni che ci separa.

«Lui?» domanda Julio notando la mia attenzione per quell'immagine. «È mio nonno.»

Il mio sguardo vaga dal ritratto all'uomo in carne e ossa che ho di fronte. Julio non lesina informazioni: «Era un ufficiale dell'esercito di Hitler. Si è rifugiato qui alla fine della Seconda guerra mondiale. Guarda, qui lo puoi vedere in una fotografia».

Accanto al quadro, è appesa infatti una foto incorniciata in cui si riconosce lo stesso uomo ritratto. Il pittore doveva essere molto abile nel dipingere i volti.

Quello che più mi sconvolge, mi rendo conto, non è l'orrore che provo di fronte a ciò che immagino quell'uomo possa aver fatto, ma la naturalezza con cui il suo erede ne mette in mostra il ricordo. Il quadro che campeggia imponente, impossibile da ignorare, la fotografia, altri oggetti che affiorano ai miei occhi dopo qualche istante, un berretto della divisa con la sua aquila d'argento, forse lo stesso indossato per quel ritratto, una medaglia al valore incorniciata e soprattutto la voce pacata di Julio che parla di suo nonno senza mostrare il minimo imbarazzo. So bene che molti nazisti, alla fine della guerra, sono fuggiti in Sudamerica, ma è la prima volta che mi trovo davanti all'evidenza.

«Mi somiglia molto, lo so» dice, infatti, interpretando a suo modo il mio stupore.

«È ancora vivo?» riesco a dire.

«No» risponde Sole. «È morto da anni, ormai. Julio ha voluto far incorniciare il suo ritratto ed esporre i suoi cimeli. Per ricordarlo. Ma anche per ricordarsi chi è lui. Da dove viene.»

La frase di Soledad spazza via l'ultimo residuo di speranza, ossia che le colpe dei padri non debbano ricadere sui figli, quel briciolo di raziocinio a cui mi appigliavo per non guardare in faccia l'abisso.

«Ma perché non vi sedete?» ci chiede Sole.

Mi siedo sul divano di pelle accanto a Raquel. Un sollievo per le mie gambe tremanti, ma una trappola per il mio corpo. Ne approfitto per sbirciare Raquel e le sue reazioni. Non è affatto preoccupata come me. Non sarà la prima volta che entra in quel salotto e osserva i cimeli sulle pareti con un certo distacco, come se fossero una stravaganza qualsiasi. Per lei i discendenti dei nazisti non sono che una delle tante anime che formano il paese e il suo *pueblo*. Un'altra anima accolta nel suo grande seno. *Todas las almas. Collas y cambas, mestizos, alemanes y menonitas, japoneses y chinos, gitanos,* l'immensa moltitudine delle etnie locali, *chiquitos y guarayos, tabicas, taus, penotos, caotos, zamoras, tamacuras, taripuicas, curicas, pequiquias, suberecas, petas, bosorocas, tabaracas, zamucos, ugarones, tobas, sapios, lurupecas, piñocas, coipoterades, chiriguanos, sirionos, yanaiguas* e chissà quante altre disperse in un unico grande crogiolo. Quello che fa sì che Raquel possa sedere tranquilla su quel divanetto e all'improvviso pronunciare quello che con ogni probabilità io non avrei osato dire: «Mia cugina Ada è qui perché sta cercando una sua *empleada*, Nancy Ribero Flores, una *campesina* di San Toñito che è anche sua amica. È scomparsa da qualche giorno. Tu ne sai qualcosa, Julio?».

Perfetto, mi dico, sempre più atterrita, non so più nemmeno io per cosa. Raquel è stata semplice e diretta, come una freccia che centra il bersaglio.

Julio non fa una piega: «Non so chi sia. Non la conosco».

«È incinta. Dovrebbe partorire tra poco» aggiunge Raquel.

Julio mi guarda negli occhi un istante, poi si alza e inizia a camminare su e giù per la stanza.

«Vi ripeto, non la conosco. Se è di San Toñito vi conviene tornare là a cercarla. Qui siamo troppo lontano.»

Julio si ferma a guardare dalla finestra. Mi accorgo solo ora che il salotto si affaccia su una veranda da cui si vede la *represa* di Concepción. La superficie dell'acqua pare immobile, uno specchio di argento azzurrato. Una porzione di cielo caduta a terra a ricordarci di alzare lo sguardo oltre l'immanenza.

«Sai, Ada» mi dice Julio, che forse ha finto fino a questo momento di non vedere l'inquietudine riflessa nei miei occhi «il nazismo a cui ha aderito mio nonno, l'esperimento che si è realizzato in Germania nel secolo scorso, è stato un fallimento. Ma è stata solo una delle tante strade che quell'ideologia avrebbe potuto prendere. E ha sbagliato, lo so, ne sono consapevole. Le deportazioni, la violenza, le uccisioni di massa... Il mondo non era pronto all'applicazione brutale di quelle idee e mio nonno mi ha sempre messo in guardia su questo aspetto. Il Sudamerica, il Nuovo Mondo, ci ha accolto e non vogliamo perdere l'occasione di far crescere qui quelle idee.»

«Le idee? Quali idee?» intervengo io.

«Le idee che stavano alla base del nazismo e che, purtroppo, sono passate in secondo piano per colpa delle camere a gas.»

«Per colpa delle camere a gas?» ripeto, sbigottita da quel discorso farneticante. «Perché? Chi le ha inventate?»

«Anche in nome del comunismo in Unione Sovietica hanno fatto cose terribili» interviene Soledad a sostegno della tesi del marito «ma molte persone credono ancora oggi in quell'ideologia e non si vergognano a dire di essere comunisti.»

«Non è la stessa cosa! *¡Dios mío!*»

«Le idee, Ada, sto parlando degli ideali» dice Julio.

«Quali ideali? Non capisco. Il mito di una razza superiore?»

«Certo. Una razza superiore che abbia l'egemonia sulle altre e possa garantire il meglio per l'umanità. Questo era l'ideale di mio nonno.»

Julio si siede di nuovo sulla poltrona di fronte a noi. Io non ribatto più. Non c'è nulla da replicare. Lo guardo negli occhi, però. Fisso i suoi occhi azzurri, la loro bellezza algida. È come un tuffo in acqua gelida, sprofondare in uno sguardo sul mondo così terrificante, a pochi passi da me eppure così lontano. Lo sostengo a lungo, o almeno così mi pare. Frappongo i miei occhi scuri tra lui e la sua teoria. Mi pare una risposta migliore di tante parole.

Ma è di nuovo Raquel a riportarci al presente: «Scusami, Julio, ma Ada non è venuta qui per parlare di tuo nonno. Sta cercando la sua amica ed è preoccupata per lei. Dimmi se ne sai qualcosa. Se sai cosa possa avere a che fare una *campesina* con la comunità di *alemanes*».

«Ve lo ripeto, personalmente non la conosco. Può darsi che siate arrivate fin qui perché è entrata anche lei a far parte del programma.»

«Che programma?» chiede Raquel, adesso anche lei in allarme per le parole di suo cognato.

«Niente di illegale, stai tranquilla. È un programma di unioni tra uomini tedeschi e donne indigene, su base volontaria, naturalmente. I capelli biondi, gli occhi chiari sono tratti recessivi, di solito. Ma non sempre. Ho visto nascere *campesinos* con la pelle chiara e gli occhi azzurri.»

«No, Nancy non lo farebbe mai. Non ne avrebbe motivo.»

Mentre pronuncio queste parole mi rendo conto che non ne sono così sicura. Non la vedo da anni e chissà come è cambiata nel frattempo, oppure può darsi che le donne vengano pagate e lei avesse bisogno di soldi. Non lo so, mi sento come di fronte a un baratro e desidero soltanto tirarmi indietro.

«Allora non vedo perché continuare a cercarla qui» conclude Julio. «Torna a San Toñito, sono sicuro che non si sarà allontanata da là.»

Le parole di Julio sono un appiglio per andarmene via, finalmente. Forse anche Pandora si è sentita così quando ha scoperchiato il vaso. Con la voglia di fuggire che è più forte della volontà di sapere fino in fondo.

«Non farci caso» mi dice Raquel una volta fuori dalla casa dei suoi cognati «Julio è fissato con suo nonno e blatera di nazismo con tutti, ma è innocuo.»

«Non so cosa pensare. E se Nancy davvero si è fatta convincere a prendere parte a quel... quel programma?»

«Credo che siano tutte sciocchezze, le cose che ha detto Julio. Idee che esistono solo dentro la sua testa. L'unico programma che porta avanti davvero è l'allevamento delle sue mucche.»

«Sei sicura? Non pensi che dovremmo rivolgerci alla polizia?»

«Magari, sì, dovremmo. Ma forse ha ragione Julio e dovresti tornare a cercarla dalle parti di San Toñito. È lì che è stata vista per l'ultima volta.»

34

Il remo affonda nell'acqua per spingere la barca via dalla riva. Guardo i miei piedi nudi, bagnati, poggiati sullo scafo illuminato dal riflesso lunare. Sento un brivido che mi percorre il corpo fino alla testa. I miei capelli sono zuppi e gocciolano sul cappotto. So di essere nuda, sotto, ma il cappotto è asciutto e mi protegge e mi scalda. Navigo fino al centro del lago, a colpi di remi, sull'acqua tranquilla fino a scorgere sulla riva opposta una figura ferma. È un'ombra nera che si staglia sullo specchio d'acqua, potrebbe essere chiunque. Si sbraccia verso di me, da quello che riesco a vedere. Tiro su i remi e guardo in giù, verso il fondo del lago. L'acqua è ferma, di un nero intatto, placido. Una lieve brezza increspa appena la superficie argentata. Non so come sia possibile, ma vedo i massi poggiati sul fondo. Sono bianchi, visti da qui, anche se sono consapevole che è un'illusione, un inganno della vista. Lo so perché ci sono stata di giorno, lì sotto, dove l'acqua è verde e pullula di sabbia che si alza brillante a ogni bracciata. Lì dove tutto, alghe, sassi e corpi, si disfa in pezzettini così piccoli che non si possono né prendere né toccare.

Metto la mano in acqua. Tanti cerchi concentrici tingono di notte quel poco che si vede del fondo. Aspetto che l'acqua si fermi per tornare a guardare. I massi appaiono di nuovo, sfumati come fantasmi. Mi giro verso la riva, verso la figura che continua a sbracciarsi, insistente. Sta chiedendo aiuto. Prendo i remi e le vado incontro. La figura è scalza, come me, ne vedo le gambe e le braccia nude che sbucano fuori dal cappotto. Appena mi avvicino, lei immerge i piedi e cammina verso di me, poi sale sulla barca e mi si siede di fronte. L'imbarcazione ondeggia. Riprendo a remare verso il centro del lago. Sono le mie braccia a comandare, a riportarmi nel punto esatto dov'ero prima, in mezzo al riflesso della luna.

«Chi sei? Perché sei qui?» chiedo alla figura in ombra. Non riesco a vederla in viso e non so chi sia.

Lei non risponde, ma si sporge da un lato, a osservare in giù, verso i fantasmi che abitano il fondo. Guardo anch'io e giurerei di vedere i massi animarsi di vita, circondarsi di un alone luminescente come quello di uno spettro. La barca inizia a ondeggiare più vistosamente. Non so se sia lei a smuoverla, o io, presa da un inizio di panico. Oppure l'acqua stessa, anche nei laghi ci sono le onde e le correnti. E l'acqua, ferma, non è mai. Fatto sta che lei cade. Vedo il suo corpo annaspare disperato. Immergersi e riaffiorare, più volte. Allora afferro un remo per aiutarla a risalire ma non lo uso. Affonda e io la guardo, affascinata, con il remo in mano, ormai inutile. Penso a Nancy, persa in una notte lontana, a Paula, in procinto di partorire, alla bambina del presente e del passato, ai fantasmi racchiusi nei massi, e a tutte queste cose insieme, e mi tuffo.

L'acqua non è fredda come mi aspettavo. È a temperatura ambiente e la mia pelle non sente alcuna differenza con l'esterno. È come immagino che sia il liquido amniotico in cui io, come tutti, ho vissuto agli albori della mia esistenza.

Lei affonda sempre più giù e io la afferro per le braccia. Arriviamo a toccare il fondo insieme, abbracciate. Riesco a vederle il volto, seppure in ombra, sfigurato dal dolore e avvolto da spirali di pulviscolo lucente. Rimango con lei a lungo là sotto, a guardarla inerme mentre l'acqua la trattiene con forza, finché i miei polmoni sembrano scoppiare. Lascio la presa e mi sento sollevare. Due forze agiscono in senso opposto: una mi riporta in superficie e l'altra trattiene la figura in ombra ancorata al fondo. Lì dove inizia a scomporsi in minuscole particelle e a unirsi al nero dei massi.

35

I due *indiecitos* biondi. È a loro che si è rivolto il mio pensiero dopo l'incontro con Julio. A quei due bambini che ho incontrato a San Toñito quando sono andata a cercare Nancy. Forse è un indizio per capire se quello che ha detto Julio è vero oppure no.

Non è stato difficile rintracciarli. San Toñito è una *comunidad* piccola e quasi tutte le donne lavorano a San Ignacio o nei dintorni. Ho chiesto a mia madre, che a sua volta ha domandato alle sue amiche, se conoscevano una donna *campesina* con due figli di tre e otto anni circa, un maschio e una femmina. Entrambi biondi e con gli occhi azzurri. E così ho trovato lei, si chiama Eliane e vive alle porte di San Ignacio. La casa, una casa vera, di mattoni, e non una capanna, è piccola ma gradevole.

Quando busso alla porta, mi apre una donna giovane, di bassa statura. Mi pare sorpresa di ricevere una visita.

«Buongiorno, signora, sono un'amica di Doña Gloria. Posso parlarle?»

Mi presento come un'amica della donna per cui lei lavora come *empleada*, anche se la conosco solo di vista.

«Prego, si accomodi.»

La casa ha un paio di stanze arredate in modo molto sobrio, ma pulitissime.

«Posso offrirle un caffè?»

«Non vorrei disturbarla. E poi le ruberò pochi minuti.»

Ci sediamo attorno a un tavolino, su due sgabellini. Eliane mi guarda, rassegnata a non offrirmi nulla. Mi rendo conto di non essere stata cortese a non accettare il caffè, ma ho fretta di capire e di andare a cercare Nancy.

«Vede signora, sto cercando una mia amica di San Toñito, Nancy Ribero Flores, lei sicuramente la conoscerà. È incinta ed è sparita. Sono preoccupata per lei» ripeto il solito mantra. Lei risponde sulla difensiva, come tutti quelli che l'hanno preceduta: «La conosco, sì, ma non so dove sia. Io non abito più a San Toñito, vivo qui, ora».

«E come mai vive qui? E i suoi figli? Io li ho visti a San Toñito, giorni fa, non vivono con lei?» le domande mi sorgono spontanee, di fronte a lei non provo certo l'imbarazzo e la soggezione che ho sentito con Julio. Eliane mi sembra una donna fragile e inoffensiva.

«I miei figli stanno a San Toñito con i nonni, così io posso lavorare.»

«Però lei ha una casa tutta sua?»

«Sì.»

Non le chiedo come ha fatto a comprarsela perché mi sembra chiaro. Sono sicura che abbia a che fare con questa storia. Sarà stata la sua ricompensa per aver preso parte al «programma» di Julio. Ma non credo che lei me lo confermerebbe.

«È sposata?» le domando.

«No, signora.»

«Conosce un certo Julio Ineichen di Concepción?»

«No, signora.»

Mi rendo conto di essere odiosa con questo interrogatorio e me ne dispiaccio.

«Mi scusi, non volevo farmi i fatti suoi. È che, vede, ora sarebbe troppo lungo da spiegare, ma la sparizione di Nancy, la mia amica, insomma, potrebbe avere a che fare con lei.»

«Con me?» mi chiede stupita.

«Con il padre dei suoi figli.»

Eliane ammutolisce. Le sue iridi tremano, con piccole oscillazioni da un lato all'altro. Come quando si fissa davvero qualcuno negli occhi e se ne mette a fuoco uno per volta. Ma dura solo qualche istante, perché poi abbassa lo sguardo.

So di ferirla, ma lo chiedo lo stesso: «Di chi sono figli?».

Lei mi affronta, dura: «Del loro padre».

Poi aggiunge: «Sono miei, in realtà sono solo miei. Sono una madre *soltera* e hanno il mio cognome».

Che non voglia dirmi di più mi pare ovvio. Tutta questa conversazione è grottesca, offensiva. Ma mi basta. Ho capito.

«Sono così belli, i suoi figli» le dico, anche per farmi perdonare «così biondi!» Lei sorride, sollevata. Capisce che sto per congedarmi.

«Come si chiamano?»

«Raúl e Susana.»

«Che bei nomi!»

Davvero, sono due bei bambini e ora che so il loro nome me li figuro con maggiore tenerezza.

Perché continuo a pensare, nonostante tutto, che le colpe dei padri non devono ricadere sui figli.

36

Paula è entrata in travaglio.

Abbiamo preparato la valigia come ci hanno istruito all'ospedale. La camicia da notte, le ciabatte, gli assorbenti, i tre sacchetti di stoffa con i vestitini per la bambina, tre tutine, tre body, tre paia di calzini minuscoli. Era già tutto pronto, abbiamo aggiunto la borsa per il bagno e poche altre cose. Ho chiamato Johnny e siamo andate in ospedale. Quando siamo arrivate, lui era già lì. Hanno visitato Paula e l'hanno sistemata in una stanza con altre tre donne. Loro hanno già partorito e hanno accanto ai letti le culle in plexiglas con i loro neonati. Già nati, già sfornati. Gli sguardi verso Paula, che si aggira per la stanza piegata in due dalle contrazioni, parlano chiaro: «Poverina», «Io ho già fatto, per fortuna», «Forza, ci siamo passate tutte».

Lascio Paula e Johnny nel reparto ed esco per chiamare Giovanni. «Con calma, c'è tempo», mi dice l'ostetrica che si è presa in carico mia figlia. «È all'inizio del travaglio ed è il suo primo parto. Ce ne vuole ancora...»

Sia le parole che l'espressione del viso sembrano collocare la nascita della bambina in un futuro remoto.

Quando torno trovo Johnny in corridoio. È seduto tranquillo, quasi sollevato, ad aspettare.

«Che ci fai qui? Perché non sei dentro con Paula?» gli chiedo.

«Dice che vuole stare con te e dentro non vogliono più di una persona.»

«E tu che farai, allora?»

«Niente. Aspetto qui, non me ne vado mica.»

Mi sorride mentre si mette gli auricolari del cellulare. Penserà che questa moda del padre in sala parto non ha senso. È una questione di donne, c'è poco da fare, ed è giusto che se la vedano loro. Io penso invece che Paula vuole sua mamma. Mi viene in mente quando da piccola si ammalava e veniva a coricarsi accanto a me nel lettone. Vacillo un momento. Forse invece vuole sua madre, colei che l'ha messa al mondo, perché la rassicuri, perché lei ci è già passata, dal parto, e sa cosa vuol dire, sa come si fa. Dura solo un istante la mia indecisione. Il tempo di guardare il segno pallido e sottile che ancora resiste tra l'indice e il pollice della mia mano sinistra. Non si è mai cancellata completamente, la cicatrice del nostro vecchio *pacto de sangre*. E di pensare al *bibosi*, il nostro albero dalle innumerevoli radici aeree, laggiù ai confini del paese, che sarà ancora vivo e a tutte noi sopravvivrà, come fanno gli alberi secolari. Creature immobili e pacifiche, alle quali il tempo serve solo per esistere.

Ci sono solo io qui, Nancy non può esserci. Ed è a me che l'ha affidata quel giorno di diciotto anni fa.

Sorrido anch'io a Johnny e vado.

Trovo Paula seduta sul bordo del letto. In preda ai dolori, è sola e disperata. L'ostetrica l'ha lasciata lì perché è ancora presto per il parto vero e proprio e le altre donne sono occupate con altro: il proprio neonato che devono imparare a conoscere e le ammaccature del corpo che deve riprendersi dal trauma subito. Sono lì con noi, nella stessa camera, ma a una distanza siderale, hanno già attraversato il varco che le separa da chi ancora deve percorrere il passaggio per arrivarci. Sanno che è una montagna da scalare, che non importa il tempo misurato in ore che ci vuole ad arrivare alla cima. Ogni ora, ogni minuto e ogni istante perdono il loro senso comune, si dilatano e si curvano. Sanno anche che non la possono aiutare, perché le si può stare accanto e tenerle la mano, ma la strada la deve percorrere lei, da sola. Come fanno certi animali, le cui femmine, quando arriva il momento, vanno a nascondersi e se la vedono a tu per tu con quel tempo in cui vita e morte si uniscono, che è la nascita.

«Mamma, sto male!» riesce a dirmi Paula.

La faccio alzare, perché so che fa bene camminare un poco, e la porto verso il bagno a braccetto.

Accanto al water si accascia, schiacciata da una forza più grande di lei. Suda e ansima finché arriva il primo conato di vomito. Rigetta la camomilla che le avevo preparato a casa quando aveva iniziato ad avere le contrazioni.

L'infermiera, che chiamo preoccupata, mi dice che è normale. Il corpo si svuota per fare spazio. È l'ultimo atto che la lega alla normalità del corpo, alle sue funzioni abituali. Come dopo un nuovo inizio, ora è pronta. La fronte è fresca, grazie alle perle di sudore che la screziano.

Adesso inizia davvero il travaglio.

Appoggio le mani sulle reni, è lì che le fa male, soprattutto, mi dice. Il calore del contatto le dà sollievo e intanto io sento le contrazioni. Sono onde che arrivano, sempre più alte, sempre più vicine. Paula, come un surfista, le aspetta al varco, una per una. Ha imparato da sola a cavalcarle, quasi subito. Sa quando stanno per arrivare, le afferra e scivola via sulla cresta dell'onda. Una dopo l'altra, ancora e ancora. La traversata è lunga, ore e ore di navigazione.

Finché la tempesta si placa e arriva una pausa inaspettata. Il corpo non lotta più con se stesso.

37

Arrivo a San Toñito con un moto-taxi questa volta. Il *motoquero* mi porta nel punto più vicino alla spianata dove qualche giorno prima ho incontrato il gruppo di bambini. Questa volta non c'è nessuno. È quasi il crepuscolo, il sole è già tramontato e un residuo di luce illumina ancora il paesaggio. Ancora per poco. Da un momento all'altro so che calerà il buio, qui non arriva l'elettricità, e mi devo sbrigare. Esito un momento, poi pago la corsa e lo lascio tornare a San Ignacio. Al massimo mi fermerò a dormire qui.

Per raggiungere il centro della *comunidad* seguo il simulacro di sentiero che vedo disegnato a terra. È un solco sul terreno che la vegetazione strozza dai due lati. Ha la larghezza di un serpentello, ma si percepisce che è una strada. La imbocco, sferzata da rami e foglie. Ricordo bene la frustata che ho preso in questo stesso luogo con mio fratello Luis, ma ora non sento niente. Attraverso gli arbusti come un coltello che penetra il burro. Quando arrivo nello spiazzo del paese è quasi scesa la sera. Il cielo incombe plumbeo sulle ombre delle capanne. Seguo il profilo dei tetti per giungere all'abitazione di Nancy. Devo percorrere il circolo di capanne due volte prima di riconoscerla. L'entrata è un telo appeso allo stipite. Lo scosto per affacciarmi.

«*¿Permiso?*» scandisco.

«*Permiso, ¿no hay nadie?*» ripeto.

Mi rendo conto presto che l'abitazione è vuota e perlustro tutte le capanne sullo slargo, una per una.

Sono tutte vuote.

Mi viene in mente il *desfile* per il santo patrono, quando le comunità indigene sfilano per San Ignacio. Compongono dei veri e propri serpenti umani. Il *crucero* in testa con un *cartel* e lo stemma della sua *comunidad* in mano e dietro tutti i *campesinos* del *pueblo* al completo, uomini, donne, bambini, anziani, nessuno può mancare alla processione. È per quello che non c'è nessuno qui, così come era vuota la *comisaría* della polizia in paese quando sono andata a denunciare la scomparsa di Nancy. Ho deciso di venire qui lo stesso da sola, di non aspettare domani. Però, ragiono, Nancy non può essere andata a San Ignacio con il pancione o, se ha già partorito, con un neonato. Deve essere rimasta qui da qualche parte.

Mi aggiro come uno spettro in un villaggio fantasma. Tutto ciò che sento è il frinire dei grilli impastato al battito del mio cuore. È una melodia, la sinfonia della mia presenza nella *selva*.

Mi allontano dalle abitazioni e penetro di nuovo nella vegetazione, in cerca di un'anima viva a cui chiedere dov'è Nancy, dov'è la sua famiglia, dove sono finiti tutti.

Il buio adesso è fitto, il cielo è calato sul *bosque* come

una cappa nera che avvolge ogni cosa. L'unica forma di luce a cui lo sguardo può appigliarsi è lo sciame di stelle che puntellano la volta celeste. Un precipitato di universo che lascia poco spazio al vuoto siderale, ma che non illumina quaggiù, dove noi annaspiamo per rimanere a galla, dove sono rimasta io a cercare l'ombra della mia amica d'infanzia.

«Nancy!» provo a urlare il suo nome, ma la mia voce è smorzata dal buio e dopo un po' mi pare di essere rimasta senza. Non la sento più uscire dalla bocca, così come non sento più i piedi, le mani che tastano i rami che ho dinnanzi, che provano a guidarmi come bussole, né la mia faccia solcata da felci e fili di ragnatele.

Scivolo, inciampo, cerco un'apertura che possa assomigliare a un sentiero, accecata dal buio e dalla vegetazione che ormai ha inghiottito il cielo. A gridare ho già rinunciato e non so più nemmeno se sto andando avanti, verso l'ignoto, o indietro, verso San Toñito. Perlustro con il corpo attorno a me per trovare qualcosa, una pietra, un passaggio, che mi indichi dove sono, ma trovo solo un buio impenetrabile, un mondo senza tempo, senza spazio e senza volto che potrebbe essere l'inizio o la fine della creazione.

«Nancy! Nancita!» ripeto, solo per sentire la mia voce, senza più cercare né lei né nessun altro. Voglio solo uscire da quell'intrico di rami e rovi, ma il buio mi è entrato in testa e ha cancellato tutto. Nancy non c'è, dubito persino che sia mai esistita. Cado.

38

«Ha finito il travaglio, bene.»

L'ostetrica entra ed esce dalla stanza, indaffarata. La pausa è dovuta alla fine della dilatazione, dice, tra poco inizierà il parto vero e proprio. A volte il corpo concede una pausa fisiologica dopo le contrazioni per riprendere le forze. A me sembra che Paula abbia già affrontato una tempesta con una zattera. Ma non è così. Manca la fatica finale.

«Come stai?» le chiedo.

«Meglio, mamma.»

Le rinfresco la fronte con una salvietta umida. La pausa mi dà il tempo di preoccuparmi. Come andrà, alla fine? Ce la farà? C'è qualcosa nella nascita che ha a che fare con la morte. Non so definire cosa sia. Né è solo il pericolo residuo che la madre o il figlio, o entrambi, muoiano. È qualcos'altro. Nel parto l'esistenza sfiora la morte, la tocca con mano, la accarezza. La vita scorre sul crinale della non-esistenza e poi straborda, esce fuori.

Ma Paula non è preoccupata. È solo stanca e si riposa.

Il corpo è più saggio della mente. La sovrasta con le sue scosse telluriche e impedisce di pensare troppo a fondo.

Credo che il parto sia l'unica esperienza di vita in cui si lotta corpo a corpo con la morte e si vince.

Almeno, a me non ne vengono in mente altre.

39

Sono stesa al suolo, la pelle a contatto con la terra umida, su foglie e rami ruvidi in cui mi adagio. Un formicolio di insetti mi ricorda che sono ancora viva. Mi sono persa nel cuore del *bosque,* in un punto qualunque, ma in nessun luogo e in nessun tempo. Non ci sono coordinate qui, nemmeno punti cardinali, né un sopra o un sotto. Sono avvolta dalla *selva* come un mollusco nel suo guscio. Ormai tutt'uno con lei, non so dove finisce il mio corpo e inizia il suo.

Neanche so se sono sveglia o sto già dormendo, quando sento una mano sulla faccia. È un tocco più energico di una carezza, quasi una scossa.

«Svegliati, Ada» la voce fievole, un sussurro, appartiene a quella mano che continua a toccarmi il volto.

«Non puoi dormire qui. Le formiche ti sono già addosso.»

«Chi sei?» le chiedo.

La mano mi tocca ancora sui capelli, sul corpo.

«Aiutami» mi dice «te le devi togliere di dosso o ti uccideranno.»

Mi compare subito davanti agli occhi l'immagine di *tío* Milton sfigurato da orribili pustole sul volto e sul collo. Si era addormentato per terra, ubriaco, una notte di Carnevale e le formiche rosse lo avevano assalito. Se *tía* Marianela non fosse andata a cercarlo sarebbe morto entro qualche ora.

Mi metto a sedere, cercando di scrollare via, oltre alle formiche, anche il buio e lo stordimento in cui sono caduta.

«Ma chi sei?» chiedo di nuovo.

«Sono io. Lo sapevo che saresti venuta a cercarmi.»

«Io, chi? Nancy?»

«Vieni, seguimi. Dobbiamo andare via da qui.»

Non vedo niente, né nessuno. Chi mi parla è solo un'ombra più nera del buio del *bosque*. Mi afferra una mano e mi guida tra gli arbusti. Non penso più a chiederle se è lei, come ha fatto a trovarmi o dove mi stia portando. La seguo e basta. Come si segue un destino già scritto, che qualcun altro ha deciso per noi e dentro cui si scivola per inerzia.

L'uscita dalla vegetazione è repentina. Sbuchiamo su una radura. L'ombra che ho davanti mi ferma con un gesto.

«Stai attenta. C'è l'acqua.»

Il nero che mi avvolgeva prende la forma di una distesa uniforme. Il cielo stellato che si apre sopra di noi riverbera in un lieve riflesso argenteo, in un barlume di apparenza.

«Aspettami qui. Arrivo subito» dice.

La figura si allontana da me e si addentra nell'acqua. Sento lo sciabordio dei suoi passi, uno per uno.

«Togliti le scarpe e le calze» mi dice quando torna. Poi mi aiuta a salire su una piccola imbarcazione.

Ho i piedi bagnati e comincio a tremare. Mi rendo conto di non essere nemmeno coperta bene.

«Se hai freddo» dice lei «mettiti questo.» Mi porge un cappottino e si mette a remare.

«E tu?» le chiedo.

«Ne ho un altro dall'altro lato della *represa*.»

La *represa*. Ma quale? Ogni paese ha la sua, vicino a San Toñito ce ne saranno anche altre. Ho perso totalmente l'orientamento nello spazio curvo della natura e non sono nemmeno sicura di essere sveglia e che tutto questo non sia altro che un'apparizione dalla consistenza di un sogno. Una forma che il buio ha preso dentro la mia testa. Solo il rumore dei remi sull'acqua mi sembra reale. Anche il tempo non ha più significato su questa scialuppa alla deriva. Potrebbero essere passati minuti come ore, quando arriviamo dall'altra parte.

Cammino sulla riva, sull'erba bagnata. Tento di asciugare i piedi prima di mettere le calze e le scarpe. Altri passi concitati. Poi una capanna. Nancy illuminata dal minuscolo cono di luce di una torcia. Sorride avvolta dal suo cappotto nero e stringe un fagotto tra le braccia.

40

Le contrazioni ricominciano. Più intense, più lunghe, ravvicinate. Se prima erano onde, adesso sono una marea inarrestabile. Paula non le controlla più.

All'improvviso una grossa quantità d'acqua sfocia fuori dal suo corpo. Mi allarmo.

L'ostetrica se ne accorge: «Stia tranquilla, è normale. Ha rotto le membrane del sacco amniotico».

Dopo questo fiume in piena, mia figlia comincia a tremare. Un freddo che viene da lei, dalle sue viscere, la travolge. Ma anche questo è normale, dice ancora l'ostetrica. Il corpo scrolla via la tensione.

La sala parto si è animata. C'è un viavai di figure nuove che si avvicinano a Paula, la controllano, la misurano e se ne vanno. Il ginecologo, il neonatologo, l'infermiera.

Lei li guarda con fastidio, o forse è solo l'impressione. Magari è qui con il corpo, ma ha lo spirito da tutt'altra parte.

41

Il fagotto che ha in braccio Nancy passa nelle mie mani. Sento il peso di quei pochi chili avvolti tra le braccia, lieve ma concreto.

«*¿Es ella la mujer que esperabas?*» ci sono più voci attorno a noi, ma distinguo alcune frasi che emergono più chiaramente.

Vedo il cono di luce della torcia che oscilla e che illumina altre figure di donna che ci accerchiano. Sono *campesinas,* ma alcune di loro, un paio o forse tre, giurerei che sono bionde e hanno la pelle chiara. Non ne decifro i lineamenti, intravedo solo i colori che si mescolano alle frasi concitate.

«*Sí, es ella.*»

«*¿Estás segura de lo que quieres hacer?*»

«*Sí, claro.*»

«*Y, ¿si no la vas a ver nunca más?*»

«*Quiero que se vaya a Italia.*»

«*Pobre nena. Tan pequeña.*»

«*A Italia, con ella.*»

«*Ella la va a ayudar.*»
«*Va a estudiar. No va a ser una empleada.*»
«*¿Cómo lo sabes?*»
«*Lo sé.*»
«*Lo sabe, ella lo sabe.*»
«*Sí, lo sé, con ella estamos en el mismo barco.*»
«*En el mismo barco, siempre.*»
«*Siempre estaremos en el mismo barco.*»
«*Apúrense, entonces.*»
«*Que se apuren, sí.*»
«*Que se vayan, pues.*»
«*Váyanse, ahora.*»
«*Ahora mismo.*»[1]

Vengo spinta fuori dalla capanna, con il fagotto in braccio. Percorro la strada a ritroso, verso la *represa*. Qualcuno mi accompagna, credo Nancy, ma non ne sono sicura.

Ho capito che devo andare via e portare la bambina con me. Lontano, il più lontano possibile.

In Italia.

Affiora un ricordo nel ricordo.

Io e Nancy qualche anno prima. Ci stiamo salutando prima che io parta con Giovanni.

«Chissà quando ci rivedremo» mi dice lei mentre si guarda le dita dei piedi che spuntano dalle ciabatte.

[1] «È lei la donna che aspettavi?» «Sì, è lei.» «Sei sicura di volerlo fare?» «Sì, certo.» «E se non la rivedrai mai più?» «Voglio che vada in Italia.» «Povera bambina. È così piccola.» «In Italia. Con lei.» «Lei la aiuterà.» «La farà studiare. Non sarà una *empleada.*» «Come lo sai?» «Lo so.» «Lo sa. Lei lo sa.» «Sì, lo so. Con lei siamo sempre nella stessa barca.» «Nella stessa barca, sempre.» «Sempre saremo nella stessa barca.» «Sbrigatevi, allora.» «Sbrigatevi, sì.» «Andatevene, allora.» «Andate, adesso.» «Proprio adesso.»

Non le rispondo, o almeno non subito. So che ha ragione, non ci rivedremo tanto presto.

«E se ci rivedremo» aggiunge guardandomi in faccia.

«Dai, non esagerare. Certo che ci rivedremo. E magari anche presto.» Adesso è lei che non risponde.

«E poi ti telefonerò spesso.»

«Dove mi telefonerai? A San Toñito non c'è il telefono.»

«Ti chiamerò qui, da mia madre. Continuerai a lavorare da noi, vero?»

«Già, che altro potrei fare?»

«A casa nostra sei come in famiglia, lo sai.»

«Sì, lo so. Però io non potrò fare niente di più, non potrò andare via da qui.»

«Andare via? E dove vorresti andare?»

«In Italia. Con te.»

42

La testa della bambina affiora dal sesso di Paula. Prova a uscire e si ritira. Più volte. Al primo parto è normale, dice l'ostetrica. Il feto deve costruirsi la strada che lo porta al mondo. La testolina è dura e grossa. Una boccia di ferro che lacera la carne.

A un certo punto, quando ormai non me lo aspetto più, una spinta la fa uscire. Rimane lì per qualche istante, incastrata tra il dentro e il fuori. L'ostetrica la afferra e con una torsione le fa uscire una spalla. Da lì la bambina scivola fuori in un'unica mossa sul lenzuolo steso sotto il bacino di Paula.

Prima che l'infermiera la prenda, faccio a tempo a osservarla. È umida e rannicchiata come un anfibio. La pelle è violacea per lo sforzo fatto. Non ha ancora l'aspetto di una creatura terrestre.

43

Siamo come sorelle, io e Nancy, ma senza esserlo. Anzi, siamo più che sorelle. Siamo le madri della stessa figlia. Ma la vita divide. Mi sono sposata e sono andata via. Dall'altra parte del mondo. Come potevo portarla con me? E Nancy è rimasta. Ha compiuto l'ultimo tratto della sua parabola, quello che l'ha riunita a me, attraverso Paula. E poi è sparita. Ho ancora un'immagine di lei, viva, prima dell'ultima istantanea del suo corpo che galleggia. È davanti alla *represa*, a riva, con i piedi già in acqua. Non sono affatto sicura che sia un'immagine reale e non un sogno. Perché è ancora buio e l'alba è lontana. Ma so, come si sa nei sogni, che quella figura nera nella notte è lei. Lei che si incammina sull'acqua, per tornare da dove è venuta. Sola, ché la sua bambina l'ha consegnata a me.

«*Se llama Paula*» mi ha detto.

«Paula è un bel nome» ho risposto. «Ma come farai quando vorrai rivederla?»

«So che è con te e questo mi basta. Anche se sarà lontana, sarà nella nostra stessa barca.»

«In che senso? Quale barca?»

«La nostra. *Estamos en el mismo barco.*»

Quando abbiamo pronunciato queste parole? In riva alla *represa*? Nella capanna dove per la prima volta in vita mia ho stretto Paula tra le mie braccia? Non ricordo.

E le abbiamo pronunciate davvero, quelle parole? O sono solo una forma che il ricordo confuso ha preso nella mia mente? Non lo so. O meglio, non lo so più.

Ho imparato che anche la mente cancella, sbiadisce i ricordi a mano a mano, come fa il corpo. Che siamo noi che cerchiamo di puntellare qualcosa, un dettaglio, una parola, in ciò che resta del passato. Ma che questo, inevitabilmente si deforma. E noi ci attacchiamo a quella forma distorta perché è il nostro unico appiglio per non perdere del tutto quello che è già perduto. Come Nancy, ombra di un sogno.

Mi pare di vederla mentre si addentra nell'acqua della *represa*. Non so se sia vera questa visione. Dove andava? Perché non l'ho fermata?

Sono andata via e l'ho lasciata lì, sola verso il centro del lago. Per portare via sua figlia e salvarla da qualcosa. O da qualcuno. Dalle donne bionde della capanna, da padre *Chupateta*, da Julio e dal suo delirio eugenetico di rinascita di una razza ariana nel centro della *selva*. Dalla fantasia assurda di un allevatore di mucche che «blatera di nazismo con tutti» ma che in qualche modo si è concretizzata.

Per salvare Paula, *la hija de* Nancy. Così l'hanno chiamata per qualche tempo in casa, mia madre e gli altri.

Ma per poco, perché presto è diventata Paula, Paula e basta. Mia figlia. E anche il nome di Nancy è sparito presto dal lessico di famiglia. Inghiottito anch'esso nel buio dell'acqua.

44

L'alba arriva graduale ma decisa mentre mi incammino verso casa con Paula in braccio. Sono sfinita dalla notte insonne e la visione di Nancy che galleggia sul pelo dell'acqua accompagna i miei passi senza abbandonarmi un istante.

Casa mia è immersa nel silenzio, stanno ancora dormendo tutti. Mia madre, che ha sempre avuto il sonno leggero, è la prima a svegliarsi. Ha sentito subito i vagiti della bambina e i miei singhiozzi soffocati. Mi raggiunge in vestaglia, i capelli arruffati dal sonno.

«Ada, *Dios mío*, che succede?»

Mi basta sentire la sua voce per lasciare le ultime difese, per crollare. Scoppio a piangere.

«Nancy è morta.»

È l'unica frase compiuta che riesco a pronunciare.

Anche la bambina inizia a piangere e il trambusto finisce per svegliare tutti. All'improvviso sono immersa in una grande confusione di braccia e di voci. Sono tutti combattuti se ascoltare me e seguirmi per cercare Nancy o provare a calmare Paula.

«Questa bambina ha fame» a un certo punto la voce di mia madre sovrasta le altre, pragmatica, «Ada, lavati la faccia e vai alla *comisaría*. Qualcuno di voialtri vada invece a comprare del latte in polvere.»

Le parole di mia madre mettono ordine nel caos. Prende in braccio Paula e la culla, come ha sempre fatto con i suoi figli e i suoi nipoti, con i tanti neonati che sono passati attraverso il suo abbraccio. Il contatto calma immediatamente la bambina.

Ma è la luce del giorno, soprattutto, a cambiare la percezione che ho di tutto quello che ho visto e che continuo a vedere. Mi sento ammaccata dalla lunga notte insonne. Mi sembra che sia stato tutto un sogno. L'unico residuo reale che rimane è una neonata che si muove, vera e tangibile, tra le braccia di mia madre.

45

Nella *comisaría* ci sono solo due impiegati, uno dei due è un poliziotto in divisa. Due tazze di caffè vuote sul tavolo fanno capire che hanno aperto da poco.

Mi hanno fatto sedere e ripetere diverse volte il racconto sulla notte trascorsa. Mi hanno offerto dell'acqua e anche un caffè che mi ha portato l'impiegato senza divisa.

«C'è una cosa che non capisco» mi dice il poliziotto dopo che ho ripetuto di nuovo la storia, seppure in un ordine diverso. «Lei dice di aver incontrato la donna scomparsa vicino a San Toñito e che insieme avete attraversato una *represa*, ma poi ha visto il suo cadavere qui, nella *represa* di San Ignacio. Però la laguna più vicina a San Toñito è quella di Santa Ana, com'è possibile che siate arrivate qui?»

«No, non ho detto questo. Non so in quale *represa* ci siamo trovate.»

«Però è in quella di San Ignacio che l'ha vista galleggiare, giusto?»

«Non lo so, forse. Credo di sì.»

«Non capisco come avete fatto ad arrivare da San Toñito a San Ignacio navigando su una piccola barca. I due paesi non sono collegati da una *represa.*»

«Forse siamo arrivate a piedi attraverso il *bosque.*»

«Ecco, vede, tutto quello che ci ha raccontato non ha senso, non è logico. Nemmeno lei sa dire dove si trovava. E poi non è neanche sicura di cosa sia avvenuto prima e cosa dopo. Ha ripetuto il suo racconto ogni volta in un ordine diverso.»

«Lo so» sono costretta ad ammettere «era buio e non so bene, non riuscivo a distinguere chiaramente quello che succedeva.»

Il poliziotto si alza per prendere delle scartoffie.

«Questo non ci aiuta, lo capisce, no?» mi dice. «E poi c'è un'altra cosa strana. Ha detto che quando ha visto il cadavere si è immersa per andare a guardarlo da vicino e che è inciampata bagnandosi i vestiti e il cappotto» aggiunge mentre mi porge un modulo.

«Sì, è così» rispondo.

«Però è arrivata a casa asciutta, vero?»

«Non so, non ricordo. Mi pare di sì.»

«E il cappotto?»

«Il cappotto?» ripeto, intontita.

«Sì, il cappotto che le ha prestato la sua amica, dov'è? L'ha lasciato a casa?»

Mi rendo conto di non sapere rispondere. Non ricordo di essermelo tolto, né di essermi cambiata prima di venire qui. È come se non fosse mai esistito.

«Compili questo modulo, signora» mi dice infine.

«Che cos'è?»

«La denuncia di scomparsa.»

Scrivo con gli ultimi barlumi di razionalità che mi restano e gli restituisco il foglio. L'impiegato senza divisa lo prende e lo mette in cima a una pila di fogli su uno scaffale.

«Arrivederci, signora» dice infine il poliziotto. «Se ci sono novità, la contatteremo. Quanto alla neonata, avvertiremo il *cacique*.»

«Possiamo tenerla noi, per ora?»

«Non vedo perché no, per il momento.»

Il poliziotto riflette un attimo, poi chiede: «La bambina è già registrata all'anagrafe?».

«No» rispondo.

«Potrebbe farlo lei.»

Non capisco se sia una richiesta o un'affermazione.

«Va bene. Lo farò.»

46

L'ostetrica afferra la bambina per i piedi e lei piange. Il primo vagito, il primo suono che ne afferma l'esistenza in questo mondo. All'unisono con il primo respiro, dopo la sua lunga apnea. Vedo le sue piccole narici che tremano, impegnate nell'inspirazione e nell'espirazione. Il duplice movimento dell'aria che l'accompagnerà per tutta la vita.

Ancora sporca di liquido amniotico e sangue, la appoggia sul ventre di Paula. Pelle contro pelle, per la prima volta dall'esterno.

La piccola strilla e Paula la avvolge tra le braccia. È un pianto lungo, inconsolabile. Non capisco se anche mia figlia stia piangendo. Sorride e trema.

«È bellissima» diciamo tutti, io, l'ostetrica, i dottori.

«Prova ad attaccarla al seno» aggiunge l'ostetrica. «Oltre alla neonata fa bene anche a te, ti aiuta a espellere la placenta e a far tornare l'utero alle dimensioni normali.»

Paula esita un istante, quindi si scopre un seno e lo

porge alla bambina. Lei smette di piangere e le esplora il capezzolo con la bocca. Dopo inizia a succhiare.

In effetti la placenta esce fuori presto. Senza sforzo né dolore. Sembra un grosso pezzo di fegato. Viene messa da parte con sollecitudine, avvolta nella plastica.

Nel frattempo la bambina si è calmata e le infermiere la lavano, la vestono e la rimettono in braccio alla madre.

Con la sua tutina immacolata, il viso rilassato nel sonno, la piccola assume l'aspetto tenero che hanno tutti i bambini.

La sua testolina non è più la boccia di ferro che prima squartava le carni di Paula. Il corpo di mia figlia ha dimenticato quasi subito il dolore, l'ha cancellato per guardare avanti.

«Tieni, mamma.»

Paula me la passa e la stringo per la prima volta a me.

Il passaggio di braccia la sveglia. La piccola apre gli occhi e li rivolge ai miei. Forse non mi vede, ma mi guarda. Dicono che i bambini appena nati non riescano ancora a mettere a fuoco le immagini, ma i volti sì, da questa distanza.

Ha le iridi azzurre, come tutti i neonati.

47

All'anagrafe vado con mia madre. Portiamo a turno Paula in braccio. La mamma dice che è necessario farla vedere all'impiegato e ha deciso di accompagnarmi.

L'anagrafe è una semplice stanza, spoglia e dalle pareti bianche. Ci sono tre seggiole in croce appoggiate al muro. Nella parete di fronte, un armadio e una scrivania scrostata. Una donna va e viene dalla stanza. Poi mi renderò conto che è l'unica impiegata presente negli uffici del comune e fa la spola tra le varie stanze. Avrà un sacco di incombenze, suppongo, ma le svolge con tutta calma.

Quando arriva il nostro turno ci fa accomodare vicino alla scrivania. Siamo noi stesse a trascinare due delle tre sedie che stavano appoggiate al muro.

Quando siamo comode, ci sorride e ci porge dei moduli da compilare. Inizio a scrivere e mi arresto subito: il foglio richiede i nomi dei genitori. Mi giro e guardo negli occhi mia madre.

«Scrivi, *hija*» mi dice lei. Non ci siamo dette niente, prima di questo momento, ma capisco cosa intende.

«Ma...» dico solo. In questa obiezione non espressa c'è tutto: ma lo devo fare? ma lo posso fare? e, soprattutto, ma è giusto?

La mamma non dice più niente, mi appoggia soltanto la mano sul braccio. L'impiegata mi guarda un momento, un attimo di perplessità fugace, che termina non appena inizio a scrivere.

Paula Arena Jiménez, figlia di Giovanni Arena e Ada Jiménez Candía.

I nomi, scritti sul foglio ciclostilato, prendono subito sostanza. So bene che in Italia, in Europa, dove i bambini nascono negli ospedali, una cosa del genere non sarebbe possibile. Ma qui è successo. Ho registrato la figlia di Nancy come figlia mia e di Giovanni. Ho rispettato la volontà della madre e siccome nessuno dalla comunità di San Toñito ha chiesto notizie di Nancy, né in questo momento né dopo, la mia denuncia è caduta nel vuoto. Quel foglio è rimasto inerte sulla pila della scrivania della *comisaría*. Ma non ho lasciato niente di intentato.

La sera stessa della registrazione all'anagrafe decido di partire per Concepción. Voglio parlare di nuovo con Julio prima di tornare in Italia.

48

Paula tiene la bambina in braccio, la guarda, le arrotola le maniche della tutina che le coprivano le mani. Una manina le afferra un dito, ha una presa molto forte, dice. La vedo serena, come se al parto non pensasse già più e fosse presa unicamente dalla voglia di conoscere sua figlia.

«Qual è il nome scelto?» le chiede un'infermiera.

«Ada» risponde Paula.

La guardo stupita. Non mi ha mai detto che voleva chiamarla come me. Quando glielo chiedevo, diceva che non avevano ancora deciso il nome.

«Ma perché Ada? Con tutti i bei nomi che ci sono...»

«Mi piace.»

La risposta di Paula è semplice. Le piace e tanto basta, che poi sia anche il nome della nonna forse è anche una scelta originale. Non commento niente, il mio nome non mi è mai sembrato particolarmente bello. È semplicemente quello che hanno scelto a suo tempo i miei genitori.

«Non sei sposata, giusto?» domanda poi la stessa infermiera.

«No, perché?»

«Se non sei sposata, per il cognome serve il riconoscimento del padre. Lui deve firmare questo modulo.»

Nomi e cognomi che definiscono chi siamo, da dove veniamo. Tentano di darci una cornice in cui delineare il nostro essere al mondo. Anche se le leggi non sembrano stare al passo del tempo. Almeno in Bolivia e negli altri paesi ispanici i figli portano due cognomi: del padre e della madre. Sebbene quello materno sia destinato a perdersi nel succedersi delle generazioni.

«È di là, nella sala di attesa» dico io.

49

Vedo Julio da lontano. Lo riconosco subito, nonostante sia molto diverso da quando l'ho visto la prima volta. Tra le mani stringe un forcone con cui sta accumulando un mucchio di fieno.

L'odore acre del bestiame si acuisce quando mi avvicino a lui. La paglia ricopre in parte la staccionata da cui spuntano i musi delle mucche. Indossa una camicia a quadri e un paio di pantaloni da cavallerizzo. Ai piedi ha stivali di gomma che gli arrivano alle ginocchia. I vestiti e il viso sono sporchi di fango e sterco. Non smette di lavorare neanche quando sono a un passo da lui.

Forse è l'ultima occasione che ho di parlargli. Io, Giovanni e Paula stiamo per partire per l'Italia e la sosta a Concepción non può durare a lungo. Sono sola ad affrontarlo, questa volta. Ho lasciato Paula a mio marito e a Raquel e sono venuta a cercarlo. A casa sua non c'erano né lui né Soledad. Mi ha aperto la *empleada* e mi ha detto che l'avrei trovato nel *campo*.

Lo guardo e non dico niente. Non riesco neanche a

salutarlo. Mi sembra che qualsiasi parola non avrebbe senso in questo momento, figuriamoci le frasi di circostanza. Anche lui concorda, perché continua ad ammucchiare il fieno senza dire nulla. Quando ha finito, appoggia il forcone alla staccionata e si asciuga il sudore della faccia con la manica. Poi si avvicina a una mucca e le accarezza la testa.

«I bovini sono degli animali formidabili» mi dice, come se non fosse passato alcun tempo dal nostro primo incontro, come se il nostro dialogo non si fosse mai interrotto. «Sono docili. Capiscono da chi sono amati e da loro si lasciano guidare.»

«Come vorresti che facessero anche le persone, giusto?» gli rispondo. La paura che provavo nei suoi confronti è sparita da qualche parte, inghiottita nel nulla in cui è finita la speranza di ritrovare Nancy.

«Hai ragione» risponde lui, serafico, senza cogliere allusioni nelle mie parole. «Sarebbe bello se anche gli esseri umani si facessero guidare da chi li ama, da chi ne sa di più. Ma con le persone è tutto più difficile, più complicato.»

«Eh già, per fortuna.»

«O per sfortuna. Dipende dai punti di vista.»

Le mucche mangiano il fieno, masticano e ruminano, tranquille. I loro occhi scuri mi guardano da un'altra dimensione. Il contatto visivo dura poco, lo sguardo si distoglie presto su altro. Condividiamo lo stesso mondo, ma non lo vediamo allo stesso modo.

«L'hai trovata poi, la tua amica?» mi domanda Julio.

«È per questo che sono tornata qui.»

«Qui non c'è» taglia corto lui.

«Senti, non voglio che mi aiuti a cercarla. Voglio sapere di più su quello che mi hai detto.»

«Non c'è molto altro da dire. Non ho mai obbligato nessuno a fare niente. Neanche lei.»

«Allora la conosci?»

«Può darsi, non me le ricordo tutte.»

«Non è possibile, non capisco. Hai messo incinta una donna, sei il padre di un bambino e non ti ricordi? Non ti importa?»

«Non ho detto che sono stato io!» ride Julio «Soledad non me lo lascerebbe mica fare.» Si comporta come l'altra volta, vuole dire, vuole vantarsi delle sue imprese, e poi si tira indietro come se nulla fosse.

«Vieni, andiamo a casa mia» aggiunge quindi «ti faccio vedere cos'è davvero il mio programma.»

Per tornare indietro prendiamo la sua macchina. Durante il tragitto non diciamo niente.

Quando arriviamo Julio mi fa entrare in casa.

«Scusami» mi dice «vado a darmi una sciacquata e mi cambio, se no sporco tutto. Tu accomodati pure in salotto. Faccio presto.»

Mi incammino titubante verso la stanza, ricordo benissimo la strada. Intravedo la *empleada* nel *patio*. La sua presenza mi dà il coraggio di entrare.

Il salotto è vuoto e silenzioso. Mi siedo sullo stesso divanetto dell'altra volta, posto di fronte al ritratto del nonno di Julio. Sono sola, adesso, e posso osservarlo con calma. Riesco a scorgere meglio alcuni tratti del suo volto diversi da quelli di Julio, nonostante la somiglianza. Ma ciò che più attrae il mio sguardo sono gli occhi. Provo a interpretare il mistero che nascondono, ma non ci riesco. Il nonno di Julio, dall'alto della sua uniforme da ufficiale, mi punta come un nume tutelare, presente ma impenetrabile.

Quando suo nipote entra nel salotto, trasalisco. Ha ripreso l'aspetto elegante che aveva quando l'ho conosciuto. Senza perdere tempo si siede accanto a me e mi mostra un fascicolo di fogli e fotografie. Sono immagini a colori di donne, uomini e bambini di diverse età. I fogli, invece, scritti a mano, riportano una serie di dati, nomi, numeri.

«Cosa sono?»

«Il mio programma, ecco qua. Non c'è niente di male, di malvagio, come puoi vedere. Sono le persone che si sono unite e i figli che sono nati.»

Mi sfilano davanti agli occhi corpi di tutti i colori, dai capelli bruni, castani, biondi. Le pelli di gradazioni diverse. Com'è normale che sia nel mio paese. Mi sembra una cosa semplicemente assurda.

«Ma che programma è? Non capisco. Se lo scopo è far rinascere la razza ariana qui in Bolivia non mi sembra molto riuscito. Gli indigeni sono scuri e i colori si mescolano.»

«Gli indios sono discendenti di una razza antica, fiera. Le loro donne sono l'ideale per unirsi agli ariani europei. Le civiltà che hanno popolato questi luoghi hanno creato manufatti e architetture che non possono avere origine autoctona, secondo alcuni archeologi le rovine sembrano europee, il che fa presupporre che la popolazione del tempo provenga da altri continenti a occidente. L'antica razza indigena è ariana, pura. È per questo che diversi allevatori di origine tedesca della zona hanno aderito con entusiasmo al mio progetto.»

Lo guardo perplessa. Il ragionamento è evidentemente solo un suo personale delirio. Mi stupisce che altri discendenti di tedeschi abbiano dato seguito alle sue assurdità.

«Puoi cercare se c'è anche la tua amica.»

Passo in rassegna le donne delle fotografie. A un certo punto mi pare di riconoscere Eliane in una delle immagini. Le guardo tutte più volte, ma Nancy non c'è.

«Non la trovo» dico a Julio.

«Allora non c'entra niente con me. Te l'avevo detto.»

Anche questo non dimostra nulla. Potrebbe averla tolta dal fascicolo, e a maggior ragione se avesse da nascondere qualcosa.

Sento di essere arrivata a un punto morto. Alla certezza di aver capito tutto, senza aver scoperto niente.

Vuol dire che è arrivato il momento di andare via, da Julio, da Concepción, forse anche dalla Bolivia.

50

Il pullman per Santa Cruz parte di sera e ho ancora tutto il pomeriggio da trascorrere a Concepción. Dopo pranzo, un po' per far passare il tempo e un po' per fare un ultimo tentativo, decido di fare ancora delle ricerche. Mi viene in mente che non so molto sulla presenza dei nazisti e dei loro discendenti in Bolivia, se non quello che sanno tutti: che molti di loro, alla fine della Seconda guerra mondiale, quando hanno visto che le cose si mettevano male, sono fuggiti dall'Europa. Scappati dove pensavano di trovare rifugio, molti il più lontano possibile.

Probabilmente chi scappava si era macchiato di crimini orribili e per questo ha pensato al nostro continente, lontano e forse ignaro di quanto l'impresa nazista fosse stata sanguinaria. Il Brasile, l'Argentina, il Paraguay hanno dato accoglienza a tanti ufficiali tedeschi, austriaci, croati.

Poi sapevo quello che si diceva in paese. E cioè che molti di loro erano riusciti a mettere da parte anche un bel gruzzolo prima di partire e con quello hanno prosperato dove si sono insediati. Hanno cambiato nome e cognome, poi hanno costruito delle belle fattorie che danno ancora lavoro a tanti *peones* e, nonostante qualche voce sul loro passato oscuro continui a circolare, vivono rispettati e riveriti.

Proprio come il nonno di Julio e suo nipote.

Ma, visto che da lui non sono riuscita ad avere informazioni utili, penso che posso provare a documentarmi da sola. Una ricerca in rete si può fare in qualunque momento e anche dall'Italia. Per sfruttare qualsiasi indizio che posso trovare solo qui, la prima idea che mi viene in mente è la biblioteca comunale. Si trova accanto all'ufficio del comune in cui sono andata qualche giorno fa. Un'impiegata mi accoglie sorridente.

Giro tra gli scaffali colmi di libri in ordine alfabetico. Leggo con difficoltà titoli e autori dai dorsi dei volumi e mi perdo immediatamente tra nomi e suggestioni diverse. Dopo una decina di minuti mi rendo conto che in questo modo perderei solo il mio tempo.

Mi avvicino al bancone dove c'è l'impiegata intenta a sfogliare una rivista.

«Buongiorno, signora. Sa dirmi se ci sono libri sulla storia del paese?»

Lei pare contenta di aiutarmi, in fondo la biblioteca non sarà poi tanto frequentata.

«Certo. Mi segua.»

La bibliotecaria mi porta davanti a uno scaffale proprio vicino all'entrata.

«Ecco, cara. Qui trova i nostri volumi sulla storia di Concepción e della regione di Chiquitos. E qua dietro ci sono i testi di storia nazionale.»

Sfoglio alcuni volumi, sono testi datati. Molti trattano il periodo dell'insediamento dei gesuiti. Oppure si soffermano sulla nascita della Bolivia, nell'Ottocento. Mi rendo conto presto che non è facile trovare quello che cerco. Mi rivolgo quindi ancora all'impiegata.

«Non so se può aiutarmi» le dico «ma sto cercando qualche testo che parli dell'immigrazione dalla Germania in Bolivia.»

Lei mi guarda con aria interrogativa.

«Voglio dire, qualcosa che tratti della presenza del nazismo qui da noi.»

Il suo sguardo adesso è di stupore: «Non credo che esistano libri su questo argomento. E comunque non ne abbiamo qui. È una biblioteca piccola, la nostra».

«Sa se è possibile sapere la provenienza degli abitanti di Concepción?» chiedo allora.

Lo sguardo è ancora interrogativo, ma dopo pochi istanti dice: «Se cerca una famiglia in particolare, dovrebbe consultare l'archivio dell'anagrafe. Lei è una parente?».

«Non esattamente, sono una parente acquisita.»

«Ci vorrebbe allora un permesso scritto...»

«Vede, il fatto è che tra poche ore parto. Vado in Italia e non tornerò tanto presto.»

L'impiegata mi osserva con più attenzione per qualche istante, come a voler indagare le mie intenzioni.

«L'anagrafe è qui accanto» dice dunque. «Mi segua, la aiuto io a cercare.»

Deve aver pensato che la mia è una richiesta innocente.

«Grazie. È molto gentile.»

La seguo lungo un corridoio che porta a una sala piena di raccoglitori cartonati.

«Qual è il cognome?» mi chiede.

«Ineichen» rispondo senza esitare.

Per raggiungere il contenitore della I la bibliotecaria deve prendere la scala, e dopo non poca fatica mi porge quattro schede vergate a mano. Scorgo i nomi e i cognomi e le date di nascita. La più vecchia risale al 1947: Hans Ineichen. Immagino possa essere il padre di Julio. Non c'è traccia di suo nonno, invece. Non mi stupisce: avrà cambiato il cognome una volta arrivato in Bolivia.

L'impiegata chiude la porta della sala a chiave e mi riaccompagna alla biblioteca.

«Non ha trovato quello che cercava?» mi chiede.

«No» rispondo «anche perché non so bene neanche io cosa sto cercando.»

«Capisco. È un argomento un po' bizzarro, ma sicuramente qualcosa sarà stato scritto. Magari qualche articolo. Dovrebbe provare a fare una ricerca in rete. Dietro alla piazza centrale c'è un internet café.»

51

Come sospettavo la connessione alla rete è lentissima. Anche più di quella di San Ignacio.

In effetti il web è una novità qui da noi, anche se ben accolto come in tutto il mondo. Se qualche anno fa c'era un solo telefono pubblico in ogni paese, ora iniziano a spuntare i primi sparuti internet café.

Questo è una semplice stanza spoglia dai muri scrostati, con quattro postazioni. Quattro computer altrettanto scalcinati del locale. Inoltre, a dispetto del nome «internet café», non serve alcuna bevanda ma, per mia fortuna, dispone di una stampante.

Prenoto due ore di connessione e stampo le pagine con i risultati che mi sembrano interessanti.

Dapprima digito «*nazis en Bolivia*», poi «*neonazismo en Bolivia*» e, al contrario della biblioteca comunale, una ricerca porta a un'altra e alla fine delle due ore esco dal locale con una decina di fogli stampati.

Il primo risultato che trovo riguarda Klaus Barbie,

alias Klaus Altmann, anche conosciuto come il «macellaio di Lione».

È un noto gerarca della Gestapo che ha compiuto crimini efferati durante la guerra e il periodo dell'occupazione, tanto da guadagnarsi il suo soprannome, scappato attraverso la cosiddetta «*ruta de las ratas*», la via lungo la quale i criminali nazisti fuggirono come topi da una nave che sta affondando. La *ruta* lo porta in Bolivia, un paese incastonato tra le vette delle Ande e il labirinto della selva amazzonica. Il luogo ideale in cui vivere impunemente per tre decenni, prima di essere scoperto ed estradato. È anche stato consulente del governo boliviano. Non si limitò infatti a rifugiarsi in un paese lontano per sfuggire alla giustizia, ma collaborò con i regimi più sanguinari del posto, mettendo a disposizione le sue conoscenze su intelligence, tecniche di interrogatorio e tortura.

Fu a capo del gruppo paramilitare chiamato «*los novios de la muerte*».

Gli sposi della morte erano ex soldati e ufficiali fedeli alla causa nazista, pronti a sposare nuove battaglie violente. Come il colpo di stato di Luis García Meza Tejada o quello di Hugo Banzer. Sono numerose le dittature militari che hanno infestato il paese nel Novecento. Nozioni che conosco bene. Quando le conseguenze di un'economia disastrosa arrivavano anche in paese e non c'era quasi niente da mangiare. Fa parte dei miei ricordi quella volta che la mamma aveva fatto la zuppa con le foglie del peperoncino. Barbie ebbe persino un ruolo nel narcotraffico della cocaina e nel commercio di armi con i cartelli della droga colombiani.

Trovo anche altro materiale.

Teorie strampalate su Atlantide e la razza ariana, sulle rovine di Tiahuanaco e la Luna. Metto tutto in borsa e vado verso la stazione degli autobus.

52

Le infermiere hanno chiamato Johnny. Finalmente anche il padre può vedere la bambina, prenderla in braccio, farle sentire il suo calore.

Si avvicina titubante alla culla in cui è stesa sua figlia. La guarda per qualche istante ma poi si avvicina a Paula. Anche lei è coricata. È stanca e vorrà dormire, penso.

Lui le accarezza i capelli.

«Come stai?» le chiede.

Paula gli sorride.

«Insomma, è stata dura, ma ce l'ho fatta.»

Lui la bacia sulla bocca. È la prima volta che li vedo baciarsi. Mi chiedo se si siano sempre trattenuti davanti a me e, se sì, per quale motivo. Non volevano che pensassi che fossero fidanzati, evidentemente. Volevano sminuire il loro rapporto, forse. Oppure è l'emozione del momento ad avvicinarli.

Poi Johnny solleva sua figlia e la stringe al petto con delicatezza. Paula si tira su dal letto. A fatica si alza e si unisce al loro abbraccio. Tutti e tre insieme sono un'altra immagine inedita a cui mi abituerò, probabilmente. Paula non ha mai definito Johnny il suo fidanzato, né il suo ragazzo, in questi mesi, eppure lui le è stato sempre accanto e ora è qui stretto a loro.

«Dovrebbe anche essere arrivato tuo padre» dico a Paula. «Vado di là a chiamarlo.»

53

Il sistema solare è nato dalla collisione di una stella morente ricoperta di ghiaccio con il Sole.

L'impatto ha generato il nostro pianeta e i suoi satelliti. La Via Lattea è in realtà una stele di blocchi di ghiaccio. La Terra un tempo aveva diverse lune, l'attuale sarebbe la sesta, che sono cadute in una successione di grandi cicli storici.

Il Diluvio Universale e l'affondamento di Atlantide sono stati causati dalla caduta di queste lune. E civiltà millenarie e sconosciute sono state cancellate dalla storia a causa di questi impatti.

Leggo un resoconto della "Cosmogonia glaciale" di un certo Hörbiger alla luce del faretto sopra il mio sedile, nel pullman per Santa Cruz. Ultima tappa prima della partenza in aereo per l'Italia.

Penso alla Luna, la nostra unica luna, che ci ruota attorno, benevola, lontana dalle speculazioni di uomini che sono ormai morti, ma che hanno impresso il loro marchio a generazioni su generazioni. Fino a noi, fino a qui.

Le teorie di Hörbiger, rifiutate e ridicolizzate dalla scienza ufficiale, sono invece state apprezzate da mistici, occultisti ed esaltati. Piacquero ai nazisti perché confutavano le tesi della «scienza giudaica»: tra gli autori preferiti di Heinrich Himmler, uno degli uomini più potenti del nazismo, c'era infatti Edmund Kiss, scrittore e archeologo autodidatta, nei cui romanzi – spacciati per libri storici – la Cosmogonia dei ghiacci si abbinava alla ricerca di ipotetiche civiltà fiorite sulle Ande.

Per dare credito e sostanza alle sue teorie strampalate, Kiss aveva chiamato in causa uno scienziato: Arthur Posnansky. Austriaco, emigrato in Sudamerica alla fine dell'Ottocento, si era fatto un nome come etnografo e archeologo dedicandosi all'esplorazione della Bolivia in cerca dei resti delle antiche civiltà inca. Tra questi, le rovine di Tiahuanaco, sull'Altipiano boliviano, da lui considerate la capitale di una civiltà primordiale che si era sviluppata 17.000 anni fa. Non una civiltà qualunque, ma quella che aveva dato origine a tutte le altre civiltà precolombiane.

Dalle sue ricerche Edward Kiss, con cui era venuto in contatto alla fine degli anni Venti, aveva preso spunto per un volo pindarico secondo cui le regioni andine sarebbero una delle zone della Terra rimaste indenni agli impatti lunari e i resti che lì si trovano apparterrebbero a culture anteriori alle collisioni. Kiss, che aveva addirittura finanziato una delle spedizioni di Posnansky a Tiahuanaco, sulla base delle fotografie aveva deciso che quelle costruzioni erano «europee» e che dunque la cultura che lì si era formata non poteva essere indigena. Di certo era stata sviluppata da persone – inutile dirlo, più evolute – provenienti dall'Occidente. Ariani, per di più sopravvissuti agli impatti lunari, dunque più ariani ancora di quelli che in seguito avevano popolato l'Europa.

Tutto torna.

La teoria secondo cui gli indios sarebbero più ariani dei tedeschi mi farebbe sorridere se non avessi da poco ascoltato il discorso delirante di Julio. Ecco perché le indigene sarebbero adatte a ricreare una nuova razza ariana proprio qui. *Novios de la muerte, ruta de las ratas*, cosmogonie alternative, teoria della razza, tutto si mescola nella mia mente in modo sinistro. I sogni deliranti di invasati del secolo scorso divennero parte di un incubo reale della metà del Novecento, base teorica che contribuì a realizzare deportazioni, uccisioni di massa, esperimenti agghiaccianti. E ora sono stati riesumati e hanno causato la sparizione o forse la morte della mia amica.

Spengo la luce sopra di me e nonostante tutto chiudo gli occhi. Mi sento sfinita. Guardo Giovanni, seduto accanto a me, la bambina addormentata tra le braccia di lui, e il mio ultimo pensiero è che tra qualche ora migliaia di chilometri ci separeranno da questa storia.

54

Nella stanza di ospedale è entrato anche Giovanni, oltre a Johnny. I due padri insieme per la prima volta. Si stringono la mano in modo un po' impacciato, poi anche lui si avvicina a Paula per darle una carezza. È da un po' che non lo vedo, non mi sembra tanto cambiato, forse qualche capello bianco inizia a spuntare qua e là. So che lui e Paula si sono visti da poco, quando lei aveva già un bel pancione grosso. L'incontro in cui finalmente lei gli ha detto che avrebbe avuto una figlia e lui sarebbe diventato nonno.

La bambina è ora tra le sue braccia.

«Com'è bella! È uguale a te da piccola» dice Giovanni a Paula.

Sembra anche a me, anche se è facile trovare somiglianze nei neonati.

«Ho anch'io una novità» aggiunge poi il mio ex marito.

Ci giriamo a guardarlo tutti e tre, incuriositi.

«Anche Marta aspetta un bambino.»

La notizia mi lascia sbigottita. Giovanni avrà un figlio con la sua compagna. Diventa nonno e padre quasi al contempo. Paula madre e sorella. Intanto il distacco di Giovanni da me suona definitivo. Perché ha aspettato questo momento per dircelo? Non parliamo, se non per qualche frase di circostanza. Non possiamo certo biasimarlo visto che sia io sia Paula abbiamo atteso molto per dargli una notizia in qualche modo affine.

Guardo Paula, non pare sorpresa più di tanto. Ma la capisco, ha altro a cui pensare adesso. Anch' io mi abituerò presto all'idea, alle situazioni che cambiano. Giovanni è andato via dalla mia vita già da tanto tempo. Il labile legame che mantiene con me è Paula. E per Paula è un padre separato, che vede poco ma con cui ha comunque un rapporto positivo. Ed è giusto che lui abbia la sua vita. A suo tempo non ci siamo lasciati a causa di Marta. A separarci sono state le incomprensioni, i silenzi, i desideri insoddisfatti, accumulati strato su strato tra noi, trasformati dal tempo in rancori. Una distanza che è diventata barriera a dividere il letto a due piazze. È stato un *desencuentro*, il nostro, ossia il contrario di *encuentro*. In italiano non esiste una parola per definire quello che è successo tra me e Giovanni.

Mi accascio sulla sedia accanto al letto. Sono sfinita, mi rendo conto. Le paure e le emozioni della giornata hanno fiaccato anche me. In questo momento vorrei solo essere a letto e dormire.

PARTE TERZA

Il giglio d'acqua

di Paula Arena

Il giglio d'acqua, detto anche giacinto d'acqua, il cui nome scientifico è *Eichhornia crassipes*, è una pianta acquatica idrofita galleggiante, appartenente alla famiglia delle *Pontederiaceae*. Cresce e prolifera sulla superficie di fiumi, canali e laghi delle regioni tropicali. È originaria del bacino dell'Amazzonia. Attualmente è diffusa in tutta la fascia subtropicale del pianeta. In alcuni luoghi si comporta come una pianta infestante e può minacciarne i delicati equilibri ecologici. È la principale fonte di cibo del lamantino amazzonico, ma nelle zone in cui è stata introdotta dall'uomo e in cui non vivono questi erbivori, a causa del suo elevato tasso di crescita, è divenuta invasiva. È considerata una delle specie aliene più dannose al mondo.

La pianta è caratterizzata da stoloni carnosi dai quali si dipanano foglie ovali o tondeggianti, a seconda della specie, lievemente arricciate sui lati. Queste galleggiano sul pelo dell'acqua e talvolta sono utilizzate come vere e proprie vele. Offrono inoltre rifugio a piccoli insetti. Il picciolo delle foglie è rigonfio d'aria e spugnoso, per favorire il galleggiamento in acqua. Le infiorescenze compaiono in primavera e sono raggruppate in spighe costellate di fiori violetto tendente al blu.

I gigli galleggiano e le radici rimangono sospese. Si nutrono delle sostanze disciolte in acqua. Dopo la fioritura, le piante producono capsule di grandi dimensioni piene di semi. Questi semi ricadono in acqua e iniziano subito a germinare. Se invece vengono prelevati e conservati in un luogo asciutto e buio, si conservano a lungo, fino a quindici anni. Questa pianta acquatica in natura tende a formare numerose colonie, anche perché gli stoloni si dividono continuamente dando luogo a nuove piantine che colonizzano in modo rapido lo specchio d'acqua in cui si trovano.

Il giglio d'acqua è molto resistente e alle nostre latitudini non ha parassiti che possano inibire la sua crescita. Preferisce le posizioni soleggiate, ma si adatta a qualsiasi condizione, anche all'ombra.

55

La luce striata dell'alba penetra dal finestrino.

L'attrito del carrello al suolo è brusco. Il pilota comunica che la temperatura è di trenta gradi. Nei posti accanto a me, Paula e sua figlia si stanno svegliando. Mi slaccio la cintura anche se l'aereo non si è ancora fermato. Anche gli altri passeggeri la aprono, uno dopo l'altro, in un'armoniosa sequenza di clic, senza attendere il segnale.

Una folata di aria calda ci investe quando scendiamo dalla scaletta. Poi sento l'odore. È l'odore della terra misto alla vegetazione. Lo stesso che a volte mi illudo di sentire in Italia e che cerco più di ogni altra cosa.

Al terminal, prima ancora di prendere i bagagli, andiamo in bagno per toglierci i vestiti invernali. Ci mettiamo in maglietta e pantaloncini corti e infiliamo maglioni e jeans nel borsone. Paula spoglia la bambina, che rimane in pannolino e canottiera.

Dal taxi mia figlia osserva il panorama desolato tra l'aeroporto e la stazione dei pullman. Vorrei sapere cosa pensa, se le piace, so che non può ricordare nulla del viaggio in Bolivia fatto da piccola, ma non le chiedo niente, lascio che sia il paesaggio a parlarle. È un susseguirsi di strade sterrate e di edifici in costruzione, la maggioranza sembrano abbandonati ancor prima di essere finiti. Qualche cartellone stradale, annunci di case in vendita, pubblicità di università private irrompono nel fluire delle strade.

Il taxista ci guarda dallo specchietto retrovisore, tre donne di generazioni diverse, probabilmente straniere – l'abbigliamento, il modo di parlare, gli occhi chiari delle due più giovani – ma dall'aria familiare.

«*¿De dónde vienen?*» ci domanda.

«*De Italia*» rispondo «*pero somos bolivianas*» anche se, penso, in realtà sono boliviana solo io o, forse, non lo sono nemmeno più.

L'autista annuisce, poi torna a concentrarsi sulla strada. Il crocifisso appeso sotto allo specchietto oscilla senza sosta. Nonostante il cemento, il manto stradale è un tappeto di buche.

Quando sono in Italia sono la straniera, la sudamericana. Qui mi chiamano l'italiana. Infatti non mi sento né di qui né di là, ma sia di qui che di là. In bilico tra i due paesi. Il mio aspetto lo rivela, lo so. I vestiti, il modo di parlare. Il luogo in cui cresci ti plasma, ma anche quello in cui decidi di vivere.

Alla stazione dei pullman veniamo travolte dal caos tipico del luogo. Diverse *flotas* in partenza verso altrettante destinazioni. Dall'ultima volta che sono stata qui, la stazione si è ingrandita, le mete moltiplicate, San Ignacio, Tarija, Cochabamba, Sucre, La Paz, il Beni, perfino l'Argentina e il Brasile. Decine di passeggeri in attesa, famiglie cariche all'inverosimile di bagagli, bambini piccoli che strillano, cani randagi che aspettano a distanza di sicurezza per rubare qualche avanzo di cibo. La folla variopinta mi fa sentire a casa.

La *flota* per San Ignacio attende vuota dal suo marciapiede. Un ragazzo, avrà sedici anni al massimo, ne controlla il motore. Prima di salire sul pullman compro da una bambina dei sacchettini di *refresco de tamarindo*, una bibita molto zuccherata che viene messa in bustine di plastica per portarla in viaggio, e da un'altra diverse porzioni di *buñuelos*, frittelle dolci cosparse di miele. Perché abbiamo fame e sete, sì, ma anche perché il paesaggio mi entra dentro pure attraverso i sapori.

Siamo in Bolivia, di nuovo, finalmente.

56

È di nuovo l'alba quando il pullman arriva al paese. Più ci si addentra verso la selva e più i colori si fanno vividi. Il sole è enorme, sembra quasi di poterlo toccare. Le nuvole rosate sono così basse che ti rendi conto di cosa significa cambiare latitudine, il cielo non dista allo stesso modo da ogni punto della Terra.

Come l'altra volta, quando sono tornata a casa per la prima volta con Paula dall'Europa, all'arrivo non ci sono i miei genitori ad attendermi. Per una consuetudine di cui non conosco l'origine, mandano sempre qualcun altro. Stavolta c'è mia sorella.

Andiamo verso casa a piedi, ognuna trascina una valigia. Paula ha sua figlia in braccio. Il trolley è una pessima idea. Le rotelle saltano contro le asperità del terreno e sollevano un sacco di polvere. Lo sapevo benissimo, ma li ho portati lo stesso. Un altro segno inconscio di estraneità al luogo da cui provengo.

Da fuori la casa appare vuota e silenziosa. Il primo a uscirne è mio padre. È già vestito, in pantaloni lunghi e camicia, l'unico in famiglia che non si è adattato all'abbigliamento che usano i più giovani: pantaloncini corti, canottiera e infradito di gomma. Mi sorride ma non si avvicina. Sono io che lo abbraccio. È un contatto veloce, quasi formale. Poi ci baciamo sulle guance e si avvicina ad abbracciare le sue nipoti. È emozionato e impacciato, e forse lo sono anch'io. Mi chiede com'è andato il viaggio, se l'aereo è arrivato puntuale, e appena compare mia madre si dilegua. Lei mi abbraccia e comincia a parlare dei miei fratelli, dei nipoti, del caldo, dell'acqua che al pomeriggio non esce dai rubinetti. Sembra che per lei io non sia mai andata via, mi parla come se ci fossimo viste il giorno prima. Invece sono passati più di dieci anni.

Andare in Europa, per studiare o per cercare un lavoro, oppure sposarsi e mettere su famiglia. I tuoi stessi figli ti saranno stranieri, avranno altri colori, parleranno un'altra lingua. Andare è facile, tornare meno. Ho tanti fratelli che si sono sposati e se ne sono andati. Chi più vicino e chi, come me, lontano. È nella natura delle cose: i figli crescono e se ne vanno. Le case si svuotano.

Ci sediamo in sala da pranzo per bere il caffè. Alla spicciolata arrivano parenti e vicini a salutare. Mia madre e io aggiungiamo sedie attorno al tavolo. Come per un tacito accordo i miei fratelli e le mie sorelle maggiori con le rispettive famiglie vengono a turno, tutti insieme saremmo troppi.

Paula si guarda intorno spaesata. Non parla, lo spagnolo lo capisce ma non è abituata a usarlo. Si limita a sorridere al chiasso festoso di una famiglia numerosa, un tipo di famiglia a cui non è abituata. Mio padre latita, troppo caffè gli fa bruciare lo stomaco, dice.

57

La mamma è seduta sul suo *sillón*. Lo stesso su cui l'ho vista passare interminabili serate davanti a casa, a chiacchierare con i figli o i vicini. Lo stesso su cui ricamava al pomeriggio mentre noi facevamo i compiti e la *empleada* lavava le stoviglie o i panni. Ora non ricama quasi più, non ci vede da vicino e i suoi lavori hanno perso la bellezza che avevano, le loro forme nette. Non vuole mettere gli occhiali. Ne ha comprati tre paia e li ha persi o rotti tutti. Ci sono diverse tovaglie e centrini non finiti sparsi per casa, i contorni irregolari per via della presbiopia.

Ha i capelli legati in uno chignon come quando era giovane, numerosi fili bianchi screziano la chioma. Il corpo è abbandonato sullo schienale in una posa rilassata che non le ho mai visto. Una donna con tanti figli è raro che stia con le mani in mano. Lo sguardo è malinconico, sembra perso in un ricordo che non focalizza.

Siamo sedute una accanto all'altra, in una rara bolla di solitudine del dopo pranzo.

«Sei tornata per lei, vero?» mi domanda.

«Sì. Ma non solo» non sto a chiedere a chi si riferisca, se a Paula o a Nancy. Non fa differenza, in fondo.

«Anche per rivedere te e gli altri» aggiungo.

La mamma sospira, sa che è vero, ed è giusto che io affronti il passato.

«Non l'hanno mai ritrovata. Ma non credere che non l'abbiamo cercata. Per mesi ho pagato una squadra di *peones* per perlustrare la *represa*. La polizia, invece, non ha fatto quasi niente. Hanno archiviato subito il caso.»

«Anch'io non ho fatto niente. Me ne sono andata via.»

«Non è vero. Hai fatto tantissimo per lei. Hai cresciuto sua figlia. Le hai dato le possibilità che lei non avrebbe potuto darle.»

«Già. L'ho portata in Italia. Dove avrebbe voluto andare lei.»

«Qui Paula sarebbe stata la figlia di una *empleada*, di una *campesina*. Quello sarebbe stato il suo destino. Invece, *si Dios quiere*, lei avrà un futuro diverso.»

Già. *Si Dios quiere.* Ma quale prezzo ha pagato Nancy?

La mamma fa per alzarsi. Chissà quando avremo di nuovo occasione di parlare da sole.

«Mamma!» le tocco il braccio per fermarla. «Voglio scoprire cos'è successo. Tu devi dirmi quello che sai.»

«*Mi hija*, io non so niente. So solo che è scomparsa nel nulla. Neanche i suoi genitori l'hanno più cercata. E adesso sono passati molti anni.»

«Voglio tornare a Concepción. Sono sicura che là troverò qualcosa, qualcuno che sa.»

«Va bene, *mi hija*. Vai, se questo ti fa sentire meglio.»

La mamma fa un ultimo sospiro. Poi si alza.

58

La casa sul lago.

Si staglia solitaria, là in fondo. Più o meno è come la ricordo, un corpo estraneo al paesaggio. Sono preparata ma una stretta alla bocca dello stomaco mi prende alla sprovvista, indipendente da me e dalla volontà di controllare le mie reazioni.

Come la prima volta, tanti anni fa ormai, mi accompagna mia cugina Raquel. A differenza di allora, però, ci aspetta Soledad da sola. Lei e Julio hanno divorziato. Lui si è trasferito a Puerto Suárez, nel Pantanal, ai confini con il Brasile. Si è addentrato ancor più nel cuore della *selva*. Lei, invece, è rimasta.

«*Vengan, entren*» è lei che ci accoglie alla porta. Ci abbraccia, prima Raquel e poi me, con un calore che non ricordavo.

Se da fuori la casa è quasi uguale, dentro mi pare irriconoscibile. Ne percorro le stanze, il *patio* e gli interstizi con lo sguardo. Soledad se ne accorge: «Eh, sì, ho cambiato un po' di cose da quando mi sono separata.

Tanto per cominciare ho tolto la moquette. Non faceva che riempirsi di polvere e di insetti».

«Hai fatto bene» commenta Raquel «non era un arredamento adatto al clima.»

«*Claro*. Dai, andate a sedervi. Vi preparo un caffè.»

«Dove ci mettiamo, Sole?»

«Dove volete» urla lei, che è già in cucina a preparare. Raquel mi guarda negli occhi un istante. Poi decide, rapida.

«Andiamo in salotto.»

Senza esitare si avvia verso la stanza che serbava il segreto. Il mio cuore imbianca all'istante, ma è solo un attimo. La camera si rivela innocente: lo stesso divanetto e le poltrone, un tavolino in mezzo, uno scaffale addossato alla parete. Del quadro del nonno di Julio in divisa SS e degli altri cimeli non c'è traccia, com'è giusto che sia. Noto solo un grande riquadro più chiaro in corrispondenza della parte di muro dov'era appeso il ritratto, un alone lasciato dall'ombra di quell'eredità ingombrante. Il sollievo si unisce, chissà perché, alla delusione. Come faremo a parlarne a Sole?

Mi siedo sul divanetto accanto a Raquel. Ci guardiamo. Lei è tranquilla, come al solito. È fatta della stessa pasta di mia madre. C'è un modo di dire dalle mie parti che è perfetto per loro: «*El agua las moja y el viento las seca*». L'acqua le bagna e il vento le asciuga. Ma questa volta le leggo nel viso un'ombra di tensione dietro alla pacatezza. Avrà cercato di dimenticare questa vecchia storia. In fondo abbiamo perduto le tracce di una *empleada*, non di una di famiglia. E quando Soledad si è separata, Julio è tornato a essere l'estraneo che è sempre stato. Forse ha provato a non pensarci più, ma non ci è riuscita. Mette una mano sulla mia quando entra Sole.

I cucchiaini tintinnano nelle tazzine. L'unico rumore che ci salva dal silenzio. Julio non c'è, eppure ne sentiamo la presenza. Soledad non parla quasi. «Quanto zucchero?». «Volete altro caffè?». Pronuncia solo le frasi di utilità pratica, immediata. Non mi chiede nemmeno dell'Italia. Come sta mio marito, se ho avuto figli, cosa fanno. Anzi, sembra voler evitare qualsiasi argomento personale.

Adesso le tazze sono vuote.

Anche questa volta è Raquel a rompere il ghiaccio: «Soledad, te la ricordi Paula?».

«Paula? Chi?»

«Mia figlia» intervengo io, anche se subito mi pento dell'informazione che sto dando e che ci porta fuori strada.

«Sì, è la figlia di Ada, *claro*. Figlia nel senso che l'ha cresciuta lei. Ma è figlia di quella *campesina* che siamo venute a cercare qui tanti anni fa, quando ancora c'era Julio. Giusto, Ada?»

«Sì, giusto, certo» mi affretto a confermare. E sempre più mi convinco che Raquel sia preziosa per me in questo momento.

«Tanti anni fa... Quando? Non ricordo...» risponde Sole mentre cerca di mettere a fuoco il dettaglio nei ricordi.

«Diciotto anni fa» le dico «sono passati diciotto anni. Quasi diciannove.»

«Non puoi averlo dimenticato. È stato il giorno in cui hai conosciuto Ada. Siamo venute qui insieme» aggiunge Raquel.

«E da quel giorno io e te non ci siamo più viste» dico io come ultima prova del fatto che non possa aver dimenticato.

Sole mi guarda, smarrita ma sincera, a quanto pare.

«Una *campesina*, certo» il suo sguardo è assente, ma triste. «Eh, già. Una delle tante, suppongo.»

«Che vuoi dire, Sole? Ti riferisci a quel "programma", quel progetto di Julio?» le domanda Raquel.

Sole sospira e si alza. Ci volta le spalle per rivolgersi verso la finestra sulla *represa*.

«Capirete anche voi che non mi fa piacere parlarne. E mi dispiace di non ricordarmi di lei, di questa *campesina*. Non posso ricordarle tutte, né voglio. D'altra parte si sa perché ci siamo lasciati, no? Ero stufa dei suoi tradimenti.»

«Ma, Sole, poi ti giuriamo che ti lasciamo in pace, non sai niente di quel suo programma? Non te lo ricordi?»

«Quale programma?»

«Il programma di unione tra tedeschi e indigene di cui parlava quel giorno? La rinascita della razza ariana? Il nazismo?» la incalziamo sia io che Raquel, senza più remore.

«*Burreras. Todas burreras*. La rinascita del nazismo!» ride. «Quello che cercava erano le donne. Era un *vividor*, un *mujeriego*. La colpa è mia che me ne sono accorta troppo tardi.»

«Non ti ha lasciato qualcosa? Dei documenti?»

«No, *hijas*. Mi dispiace. Si è portato via tutto. Tutte le sue cose. Mi ha lasciato questa casa e se n'è andato via. Lontano.»

«Mi dispiace, Sole» dice Raquel.

«Anche a me» aggiungo.

La risposta di Sole è affranta, ma saggia: «*No se puede hacer nada. Así es la vida*».

Así es la vida, già. Il fatalismo di mia madre. L'acqua che bagna e il vento che asciuga. I matrimoni che finiscono. Qualcuno nasce e qualcun altro muore. Paula e Nancy.

59

La *flota* che mi riporta a San Ignacio da Concepción arriva di mattino presto. Cammino per le vie polverose. I miei passi mi conducono alla piazza centrale. È ancora deserta. Si intravedono i primi raggi di sole che colorano di rosa le nuvole e il *pueblo* è immerso nell'aria pulita dell'alba. Ancora avvolto nel freddo della notte.

Mi ritrovo davanti alla chiesa gesuita.

Non ha più la struttura in cemento, è stata ricostruita in legno secondo il modello originale. Non sarà tornata allo splendore che aveva prima di essere distrutta, ma è comunque più bella di come la ricordavo.

È già aperta ed entro. La percorro tutta fino all'altare. Dopo mi sposto sui corridoi laterali, dove ci sono i confessionali. Un prete giovane mi viene incontro. Mi sorride e accenna un gesto di saluto.

«Buongiorno» gli dico «sa se c'è padre Jürgens?»

La domanda esce dalle profondità di me stessa, indipendente dalla mia volontà.

«Chi, mi scusi?» risponde il sacerdote.

«Padre Jürgens. Immagino che non ci sia. Deve essere molto anziano.»

Mi pento della mia domanda azzardata. Avrei dovuto chiedere a mia madre, prima. Mi rendo conto che in tutta questa storia ho sempre agito di impulso, e continuo a farlo.

«Ah, il padre *Gringo*? È mancato qualche anno fa. Prima ancora che arrivassi io.»

Il parroco usa il vecchio *apodo* per riferirsi a lui. La notizia non mi turba, ma rimango senza parole. Il sacerdote mi guarda per qualche istante, poi si allontana.

Mi aggiro ancora un po' nel silenzio della chiesa. L'incontro con Soledad non ha certo chiarito i miei dubbi. Anzi, me ne ha istillati altri. Julio è un donnaiolo, un *mujeriego*. Ha seguito le orme di padre *Chupateta*, germinando con il suo seme le *comunidades* indigene del cuore della *selva*. Forse lo sta ancora facendo. E forse l'ha fatto anche con Nancy. Ma questo non spiega la sua fine. Non saprò mai se la visione di lei che galleggia nella *represa* sia un sogno o un ricordo. Potrei indagare ancora. Rintracciare il *cacique,* andare a Puerto Suárez a cercare Julio. Parlargli di nuovo, dopo tanto tempo, e magari capire di più. Non so se serva a qualcosa. Sparita o morta, Nancy non tornerà.

Ma intanto anche il padre *Gringo* non c'è più. E verrà pian piano risucchiato nell'oblio. Come tutti quelli che sono stati accanto a Nancy. Anche Julio, prima o poi. Anche io. Il cerchio non si è ancora chiuso. Ma inizia a farlo.

60

La casa dei miei genitori è ancora avvolta nel silenzio. Una luce timida si insinua dalle imposte. È la terza o quarta alba di fila che sono sveglia. Non mi sono ancora abituata al fuso orario. Ne approfitto e mi siedo fuori, sotto al porticato dell'entrata. In Italia l'alba non la guardo mai. Rimane soffocata dal poco cielo che si intravede tra i palazzi. Dimenticata dai ritmi frenetici. A quest'ora è fresco e piacevole. Non sono l'unica a essere già sveglia: mio padre mi raggiunge e si siede accanto a me. È già vestito con pantaloni lunghi e camicia, come quando sono arrivata, in mano ha una tazza fumante.

«Sei arrivata?» domanda.

«Eh, già, da poco. Ora vado a farmi un caffè.»

Invece rimango seduta accanto a lui.

«Com'è l'alba in Italia?»

«Bella. Come qui, credo.»

«Come, credi? Non la guardi mai là?»

«No, non ho tanto tempo al mattino e poi non si vede bene da casa mia.»

Papà fa una risatina, beve un sorso di caffè e poi aggiunge: «L'alba c'è lo stesso, tutti i giorni, anche se non la vediamo. Il tempo passa comunque. Solo che ogni tanto è bene fermarsi a guardarla. Per ricordarselo».

Mi pare di intuire quello che vuole dire.

Dopo che ha finito di bere il caffè, si alza e dice: «Ho messo tutte le tue cose che sono ancora rimaste qui in una valigia. Così te le puoi portare in Italia. È sul tuo letto».

Non ci vado subito, aspetto ancora un po' seduta fuori. Il cielo ha ormai perso i tratti rosati e la luce mi abbaglia. Quando il calore inizia a farsi sentire, entro in casa.

Sul letto di quella che era la mia stanza, accanto alla brandina dove dormono Paula e la piccola Ada, c'è la valigia. La apro con cautela, per non svegliarle, è una valigia di pelle marrone, piuttosto vecchia. Ai lati ha delle stanghette di metallo che la tengono aperta. Mi metto a guardare il contenuto. Riconosco subito le mie vecchie cose: i libri di scuola, le foto di classe, i quaderni, i giochi sopravvissuti dall'infanzia. C'è anche una scatola di latta, di quelle per i biscotti. Dentro ci sono oggetti più piccoli: cartoline, matite colorate, una minuscola trousse di ombretti. La prima volta che mi sono truccata. Il ricordo salta fuori intatto dal nulla in cui era relegato, risvegliato dall'oggetto. Sotto la scatola c'è qualcosa di grosso, avvolto da carta da pacco gialla. Prima di aprirlo, noto una scritta sbiadita a penna, la grafia obliqua non mi dice nulla, mi pare di non conoscerla. C'è scritto il mio nome e, sotto, l'indirizzo della casa dei miei. Più in là alcuni francobolli e un timbro. Provo a decifrare la data, ma è illeggibile. Potrebbe essere stato spedito da poco, così come da molti anni. L'unica cosa che riesco a leggere è Puerto Suárez. Tiro fuori il pacco, è intatto e sigillato da diverse strisce di scotch. Non l'ha ancora aperto nessuno. Mi chiedo perché i miei genitori non me l'abbiano spedito, né mi abbiano detto nulla. Per aprirlo sono costretta a stracciare la carta.

Dentro c'è una busta da lettere, di quelle grandi per spedire i documenti. Trovo un foglio scritto a mano, con la stessa grafia obliqua, pieno di date e numeri a me incomprensibili. In mezzo, un nome, Nancy Ribero Flores.

Con le mani tremanti estraggo il resto. Sono fotografie che non ho mai visto prima, di Nancy, di Julio e di una bimba appena nata, Paula. Una foto, in particolare, mi colpisce: ritrae Nancy e Julio insieme. Sorridono e sembrano felici. Lei guarda verso l'obiettivo, mentre Julio è rivolto a lei. Due traiettorie dello sguardo che disegnano due destini diversi. Sembrano una coppia qualunque, due giovani innamorati.

Oltre alla busta, nel pacco c'è un morbido fagotto avvolto da più giri di carta velina. Il fruscio che produce mentre lo apro copre i miei singhiozzi. È il cappotto. Il cappotto nero di Nancy di quella notte di diciotto anni fa. Lo stringo a me e lo annuso. L'odore acre della naftalina copre il sentore di bosco e di lago che pur mi sembra di sentire. Le mie lacrime lo bagnano, mentre ci affondo il viso per non fare rumore e non svegliare mia figlia e mia nipote. Dormono ancora entrambe, pacifiche e ignare, a pochi centimetri da me.

61

La *represa* di San Ignacio. L'abbiamo sempre chiamata così. Anche se in realtà ce l'ha, un nome.

Guapomó. Si chiama Guapomó.

Rispetto a quasi vent'anni fa è più piccola. Si sta prosciugando a poco a poco. L'acqua piovana, che viene raccolta insieme a quella delle falde sotterranee che proviene dai fiumi lontani, si riduce sempre più. Le nuove case, sempre più numerose, che sono sorte ai confini del paese, le sottraggono l'acqua. Allora la gente del posto sta cercando di salvarla. Sono nati comitati e associazioni di volontari per difenderla. La questione è entrata persino nel programma elettorale degli aspiranti sindaci. E ne è stato recuperato anche il nome. Forse, quando nominiamo qualcosa, gli diamo consistenza. Lo togliamo al pericolo di oblio e di morte.

«Nancy» dico.

Sono con Paula e Ada, sua figlia. Siamo sedute in riva al Guapomó, di fronte alle sue acque che vogliono toccare il cielo.

«Cosa, mamma?» risponde Paula.

«Nancy. La piccola Adita, mi piacerebbe che si chiamasse anche Nancy come secondo nome.»

«Perché? Chi è Nancy?»

«Paula, *hija mía*. C'è una storia che un giorno ti voglio raccontare.»

«E quando me la vuoi raccontare?»

«Un giorno. È una storia che inizia qui, in questa *represa*.»

Mi alzo per prendere tempo, raccogliere i pensieri. Vicino alla riva c'è una pianta acquatica. Non so come si chiami. Ha le foglie ovali, vellutate. Sembra una zattera alla deriva che, dopo un lungo viaggio, si è spiaggiata. Al suo centro spiccano dei fiori a grappolo. Sono viola chiaro. All'interno di ogni petalo c'è una fiamma blu che racchiude il pistillo. Ne colgo uno e lo porgo a Paula. Lei lo prende e lo annusa.

«È un giglio d'acqua» dice.

«Che strano. È un fiore che ho sempre visto nella *represa,* ma che non sapevo nemmeno come si chiamasse. Eppure è una pianta comune.»

«È un bel fiore.»

«Hai ragione.»

La piccola Adita cerca di afferrarlo, attratta dai colori vivaci.

«Allora» dice Paula «questa storia cosa racconta?»

«È la storia di un fiore molto comune, che abbiamo sotto gli occhi, ma che non vediamo. Anche se è bello. È la storia di un fiore che nasce qui, sull'acqua.»

Nota dell’autrice

Questa storia è ambientata in Chiquitanía, regione orientale della Bolivia appartenente al Dipartimento di Santa Cruz de la Sierra. San Ignacio de Velasco, il paese della protagonista, è il capoluogo. Insieme a Santa Ana, San Miguel, San Rafael e Concepción fa parte delle Missioni Gesuitiche fondate nel XVIII secolo dai padri missionari e costruite grazie alla manodopera delle popolazioni indigene. San Toñito, invece, è un luogo fittizio.

La vicenda narrata è di fantasia ma i fatti storici relativi al nazismo menzionati sono tratti dalla realtà. Oltre alle vicende legate alla «via dei topi» e a Klaus Barbie e al gruppo paramilitare de «*los novios de la muerte*», sono reali anche i riferimenti alle teorie di Hörbiger, Posnansky e Kiss, riprese successivamente da Himmler.

La poesia *Canto a la Chiquitanía* è di Héctor Landívar Flores ed è stata pubblicata sul numero 3 del dicembre 1990 della rivista letteraria *Il ponte*.

Indice

Parte prima 11

Parte seconda 63

Parte terza 187

Nota dell'autrice 211

Questo libro è stampato fabbricato da Grafica Veneta S.p.A.
con un processo di stampa e rilegatura certificato 100% carbon neutral
in accordo con PAS 2060 BSI standard

Finito di stampare nel mese di marzo 2023
per conto di RCS MediaGroup S.p.A.
da Grafica Veneta S.p.A., Via Malcanton 2, Trebaseleghe (PD)
Printed in Italy